乾偉典藏

二〇〇一年五月九日

解脫道論

中國佛教經典寶藏精選白話版

124

黃夏年釋譯

星雲大師總監修

佛光山宗務委員會印行

總序

自讀首楞嚴，從此不嚐人間糟糠味；
認識華嚴經，方知己是佛法富貴人。

誠然，佛教三藏十二部經有如暗夜之燈炬、苦海之寶筏，爲人生帶來光明與幸福，古德這首詩偈可說一語道盡行者閱藏慕道、頂戴感恩的心情！可惜佛教經典因爲卷帙浩瀚，古文艱澀，常使忙碌的現代人有義理遠隔、望而生畏之憾，因此多少年來，我一直想編纂一套白話佛典，以使法雨均霑，普利十方。

一九九一年，這個心願總算有了眉目，是年，佛光山在中國大陸廣州市召開「白話佛經編纂會議」，將該套叢書訂名爲《中國佛教經典寶藏》。後來幾經集思廣益，大家決定其所呈現的風格應該具備下列四項要點：

星雲

一、**啓發思想**：全套《中國佛教經典寶藏》共計百餘册，依大乘、小乘、禪、淨、密等性質編號排序，所選經典均具三點特色：

1歷史意義的深遠性

2中國文化的影響性

3人間佛教的理念性

二、**通順易懂**：每册書均設有譯文、原典、注釋等單元，其中文句鋪排力求流暢通順，遣詞用字力求深入淺出，期使讀者能一目了然，契入妙諦。

三、**文簡義賅**：以專章解析每部經的全貌，並且搜羅重要章句，介紹該經的精神所在，俾使讀者對每部經義都能透徹瞭解，並且免於以偏概全之謬誤。

四、**雅俗共賞**：《中國佛教經典寶藏》雖是白話佛典，但亦兼具通俗文藝與學術價值，以達到雅俗共賞、三根普被的效果，所以每册書均以題解、源流、解說等章節，闡述經文的時代背景、影響價值及在佛教歷史和思想演變上的地位角色。

茲値佛光山開山三十週年，諸方賢聖齊來慶祝，歷經五載、集二百餘人心血結晶的百餘册《中國佛教經典寶藏》也於此時隆重推出，可謂意義非凡，論其成就，則有四點成就可與大家共同分享：

一、佛教史上的開創之舉：民國以來的白話佛經翻譯雖然很多，但都是法師或居士個人的開示講稿或零星的研究心得，由於缺乏整體性的計劃，讀者也不易窺探佛法之堂奧。有鑑於此，《中國佛教經典寶藏》叢書突破窠臼，將古來經律論中之重要著作，作有系統的整理，爲佛典翻譯史寫下新頁！

二、傑出學者的集體創作：《中國佛教經典寶藏》叢書結合中國大陸北京、南京各地名校的百位教授學者通力撰稿，其中博士學位者佔百分之八十，其他均擁有碩士學位，在當今出版界各種讀物中難得一見。

三、兩岸佛學的交流互動：《中國佛教經典寶藏》撰述大部份由大陸飽學能文之教授負責，並搜錄臺灣教界大德和居士們的論著，藉此銜接兩岸佛學，使有互動的因緣。編審部份則由臺灣和大陸學有專精之學者從事，不僅對中國大陸研究佛學風氣具有帶動啓發之作用，對於臺海兩岸佛學交流更是助益良多。

四、白話佛典的精華集粹：《中國佛教經典寶藏》將佛典裏具有思想性、啓發性、教育性、人間性的章節作重點式的集粹整理，有別於坊間一般「照本翻譯」的白話佛典，使讀者能充份享受「深入經藏，智慧如海」的法喜。

今《中國佛教經典寶藏》付梓在即，吾欣然爲之作序，並藉此感謝慈惠、依空等人百忙之中，指導編修；吉廣輿等人奔走兩岸，穿針引線；以及王志遠、賴永海等大陸教授的辛勤撰述；劉國香、陳慧劍等臺灣學者的周詳審核；滿濟、永應等「寶藏小組」人員的匯編印行。由於他們的同心協力，使得這項偉大的事業得以不負衆望，功竟圓成！

《中國佛教經典寶藏》雖說是大家精心擘劃、全力以赴的鉅作，但經義深邈，實難盡備；法海浩瀚，亦恐有遺珠之憾；加以時代之動亂，文化之激盪，學者教授於契合佛心，或有差距之處。凡此失漏必然甚多，星雲謹以愚誠，祈求諸方大德不吝指正，是所至禱。

一九九六年五月十六日於佛光山

編序

敲門處處有人應

《中國佛教經典寶藏》是佛光山繼《佛光大藏經》之後，推展人間佛教的百冊叢書，以將傳統《大藏經》菁華化、白話化、現代化爲宗旨，力求佛經寶藏再現今世，以通俗親切的面貌，溫渥現代人的心靈。

佛光山開山三十年以來，家師星雲上人致力推展人間佛教不遺餘力，各種文化、教育事業蓬勃創辦，全世界弘法度化之道場應機興建，蔚爲中國現代佛教之新氣象。這一套白話菁華大藏經，亦是大師弘教傳法的深心悲願之一。從開始構想、擘劃到廣州會議落實，無不出自大師高瞻遠矚之眼光；從逐年組稿到編輯出版，幸賴大師無限關注支持，乃有這一套現代白話之大藏經問世。

這是一套多層次、多角度、全方位反映傳統佛教文化的叢書，取其菁華，捨其艱澀，希望既能將《大藏經》深睿的奧義妙法再現今世，也能爲現代人提供學佛求法的方便舟筏。我們祈望《中國佛教經典寶藏》具有四種功用：

一、是傳統佛典的菁華書——中國佛教典籍汗牛充棟，一套《大藏經》就有九千餘卷，窮年皓首都研讀不完，無從賑濟現代人的枯槁心靈。《寶藏》希望是一滴濃縮的法水，既不失《大藏經》的法味，又能有稍浸即潤的方便，所以選擇了取精用弘的摘引方式，以捨棄龐雜的枝節。由於執筆學者各有不同的取捨角度，其間難免有所缺失，謹請十方仁者鑒諒。

二、是深入淺出的工具書——現代人離古愈遠，愈缺乏解讀古籍的能力，往往視《大藏經》爲艱澀難懂之天書，明知其中有汪洋浩瀚之生命智慧，亦只能望洋興歎，欲渡無舟。《寶藏》希望是一艘現代化的舟筏，以通俗淺顯的白話文字，提供讀者遨遊佛法義海的工具。應邀執筆的學者雖然多具佛學素養，但大陸對白話寫作之領會角度不同，表達方式與臺灣有相當差距，造成編寫過程中對深厚佛學素養與流暢白話語言不易兼顧的困擾，兩全爲難。

三、是學佛入門的指引書——佛教經典有八萬四千法門，門門可以深入，門門是無限寬廣的證悟途徑，可惜缺乏大衆化的入門導覽，不易尋覓捷徑。《寶藏》希望是一支指引方向的路標，協助十方大衆深入經藏，從先賢的智慧中汲取養分，成就無上的人生福澤。然而大陸佛教於「文化大革命」中斷了數十年，迄今未完全擺脫馬列主義之教條框框，《寶藏》在兩岸解禁前即已開展，時勢與環境尚有諸多禁忌，五年來雖然排除萬難，學者對部份教理之闡發仍有不同之認知角度，不易滌除積習，若有未盡中肯之辭，則是編者無奈之咎，至誠祈望碩學大德不吝垂教。

四、是解深入密的參考書——佛陀遺教不僅是亞洲人民的精神皈依，也是世界衆生的心靈寶藏，可惜經文古奧，缺乏現代化傳播，一旦龐大經藏淪爲學術研究之訓詁工具，佛教如何能紮根於民間？如何普濟僧俗兩衆？我們希望《寶藏》是百粒芥子，稍稍顯現一些須彌山的法相，使讀者由淺入深，略窺三昧法要。各書對經藏之解讀詮釋角度或有不足，我們開拓白話經藏的心意卻是虔誠的，若能引領讀者進一步深研三藏教理，則是我們的衷心微願。

在《寶藏》漫長五年的工作過程中，大師發了兩個大願力——一是將文革浩劫斷滅將盡的中國佛教命脈喚醒復甦，一是全力扶持大陸殘存的老、中、青三代佛教學者之生活生機。大師護持中國佛教法脈與種子的深心悲願，印證在《寶藏》五年艱苦歲月和近百位學者身上，是《寶藏》的一個殊勝意義。

謹呈獻這百餘册《中國佛教經典寶藏》爲 師父上人七十祝壽，亦爲佛光山開山三十週年之紀念。至誠感謝三寶加被、龍天護持，成就了這一椿微妙功德，惟願《寶藏》的功德法水長流五大洲，讓先賢的生命智慧處處敲門有人應，普濟世界人民衆生！

目錄

題解

《解脫道論》的作者，在中國漢譯佛典中稱：

「阿羅漢優婆底沙，梁言大光造。」❶

關於他的生平事跡和創作本論的過程，現由於資料不多，尚不能做出明確的解釋，只有一些猜測而已。日本著名的巴利佛教學者長井眞琴（Nāgai）和南條（Nanjio）等人做了研究後認爲，「優婆底沙」是梵文或巴利文Upatisya和Upatissa的音譯，歷史上確有其人，但在巴利佛教文獻中沒有這方面的記載，而在漢譯佛典中僅有蛛絲馬跡可尋❷。南朝宋梵僧僧伽跋陀羅（Saṁghabhadra）於公元四八八年在廣州竹林寺譯出的佛教戒本《善見律毘婆沙》卷七中云：

「於師子國有二律師。此二律師共一阿闍梨（指親教師）。一名大德優波帝寫。第二名大德富寫提婆。此二法師如恐怖處，護律藏無異。優波帝寫有弟子極智慧。一名大德摩訶波頭摩，二名大德摩訶須摩。……又一日大德優波帝寫、大德摩訶波頭摩爲初五百弟子於初波羅夷中，說此文句而坐。」❸

「優婆底沙」一詞還和佛陀的十大弟子之一的舍利弗（Sāriputra）有密切的關係。據說舍利弗出家以前，就使用「優婆底沙」一名。後人出於對佛的大弟子的尊重

，也有用「優婆底沙」來通指某一有戒行的佛門大德。❹

漢譯佛典《善見律毘婆沙》一書屬於小乘佛教的法藏部戒本。現代著名的中國佛教學者呂澂先生曾認爲現代流行在南亞、東南亞地區的南傳上座部佛學「可算是保有著上座部系統中和法藏部相類的面目，或者就說它是法藏南系亦無不可。」❺所以《善見律毘婆沙》與南傳上座部佛教的關係甚深。學者們已經發現，在巴利語佛藏中由覺音撰寫的戒本Samantapāsādikā的內容，與《善見律毘婆沙》相近，有的段落甚至雷同，說明兩者很可能來自於同一淵源。故書中所載的「大德優波帝寫」或許與《解脫道論》的作者「優婆底沙」爲同一人。此說如果成立，那麼，優婆底沙則應爲師子國佛教法統中第十五代傳人。長井先生又根據二書中所敍述的波頭摩大德爲師子國婆娑婆王夫人治病的故事，從而推斷出優婆底沙應爲公元一世紀時左右的僧人，不言而喻，《解脫道論》亦爲同時代的作品了。❻

六世紀初僧伽婆羅（Saṁghapala）在華譯出了《解脫道論》。據唐道宣法師編撰的《續高僧傳》卷一介紹，僧伽提婆是扶南國人，梁言「僧養」，亦云「僧鎧」。他從小就對佛法表示了濃厚的興趣，人亦聰敏，悟性亦好。出家後從事於佛教論學的學習，在當地曾有很大的名氣，聲譽海南。

受具足戒後，廣習律藏，聞聽中國南朝齊國佛法興盛，於是坐船渡海到達廣州，又由廣州抵達齊都建康，住正觀寺。齊滅梁立，梁武帝篤信三寶，熱心佛學。他仰慕僧伽婆羅的名聲，於天監五年（公元五〇六年）將其徵召譯館，傳譯佛經。當時梁都的譯經地點，按與僧伽婆羅同時代的僧人，《高僧傳》的作者慧皎說有正觀寺、壽光殿、占雲館三處。道宣的《續高僧傳》有壽光殿、華林園、正觀寺、占雲館、扶南館五處。

僧伽婆羅熟悉大小乘教義，懂得數國語言，梁武帝對他禮接甚厚，引爲家僧。據說他在壽光殿譯經時，武帝親身躬臨法座，筆受其文。沙門寶唱、慧超、僧智、法雲及袁曇允等人再將譯文整理疏出，使譯文達到了「華質有序，不墜譯宗」的高質量水平。他還持律極嚴，從不積蓄私財，樂於布施，熱衷於建寺，受到道俗的尊重，太尉臨川王宏曾接遇隆重。他在譯館參與譯經十二年，譯出《大育王經》、《解脫道論》等共十一部，四十八卷，爲中外佛教文化交流和中國佛教事業的發展作出卓越貢獻。梁普通五年（公元五二五年）因患疾病而圓寂，終年六十五歲。

在《續高僧傳》還記載了僧伽婆羅「為天竺沙門求那跋陀羅之弟子也。復從跋陀研精方等，未盈炎燠，博涉多通。」❼求那跋陀羅（Gunabhadra）在《高僧傳》卷三中有傳。他是中印度人，宋言「功德賢」。出身於婆羅門家庭，自幼學習五明論書，博通天文曆算，精於禪定。後出家學佛，受戒後取道師子國，泛海來中國，受到南朝宋太祖的禮遇，敕住南京祇洹寺，譯出佛經十二部，七十三卷。由於他譯的經典屬於瑜伽系學說，對禪定亦有心得，故影響很大，被禪宗門人奉為中土第一代祖師。宋明帝泰始四年（公元四六八年）圓寂，享壽七十五歲。

從前面我們知道，僧伽婆羅於普通五年，即公元五二五年圓寂，壽六十五歲。由此我們往回溯推，他的生年應為公元四六〇年。求那跋陀羅的卒年為泰始四年，即公元四六八年。也就是說，求那跋陀羅圓寂時，僧伽婆羅正值八歲。求那跋陀羅於劉宋元嘉十二年（公元四三五年）經師子國來華，在中國居住了三十三年，並逝於斯，沒有再返回故土。僧伽婆羅於南朝齊時來中國，此時劉宋王朝已經滅亡，求那跋陀羅師亦早已離世。所以，從年代上推知，僧伽婆羅出生時，求那跋陀羅正在中國。僧伽婆羅來中國，求那跋陀羅已經圓寂，兩人根本沒有見過面，不可能為直傳弟子。《續高僧傳》所說的僧伽婆羅爲求那跋陀羅弟子，跟從老師「研精方等」的說法是錯誤的。這個問題還可以在同時代的《高僧傳》中得到驗證。慧皎在卷三〈求那毘地傳〉中說：

「梁初有僧伽婆羅者，亦外國學僧。儀貌謹潔，善於對談。至京師，亦止正觀寺。今上甚加禮遇。」❽

很明顯慧皎的記載沒有談到求那跋陀羅爲師的情況。這個材料爲同時代人所錄，應該說是眞實的，有重要的參考價値。至於道宣爲什麼把他們二人列爲師徒關係，不知出於何種根據。筆者以爲大概可能有下面幾種原因：

一、兩人一前一後泛舟來中國，又同爲南方地區來的佛教僧侶，於是把他們想當然地聯繫在一起，看作師徒。

二、僧伽婆羅的傳附於《高僧傳》的〈求那毘地傳〉中，是否誤把「求那毘地」當做「求那跋陀羅」了呢？然而，在求那毘地的傳記中，並沒有把僧伽婆羅書爲他的弟子。

三、約稍晚於求那跋陀羅後，有僧伽跋陀羅在華活動。這個時間正是僧伽婆羅到中國時期，因此會不會又是誤把求那跋陀羅當作僧伽跋陀羅呢？從僧伽婆羅和僧伽跋陀羅兩人活動的地點、時間，以及所譯的宗派經典等內容來看，此二人作為師徒授受，還是有可能的。

四、求那跋陀羅是位有名的禪師，通達瑜伽學說，僧伽婆羅精於禪定，故兩人在學問上有共通之處，有可能後人把他們看作出於同一法門或師徒傳承。

總之，從僧傳誤載上看，僧伽婆羅不可能與求那跋陀羅有直接的師承關係。如果他們實在要有師承關係，也只能是間接的關係。史載求那跋陀羅在世時名噪南朝，從劉宋皇帝到百姓對其恭敬崇重，當時門下曾有弟子七百，分布各處。那麼很可能在眾多弟子中有一位曾經與僧伽婆羅有過交接，或對其給予指導，因而上溯至求那跋陀羅師，被載入史傳。這裏筆者之所以詳細地對此做了考證說明，是因為現在國內外很多出版的佛教著作，仍然採用了傳統的說法，故有必要加以改正，或進一步重新研討。

在漢譯佛典中《解脫道論》被列為小乘佛教論藏裏，歷代編輯的大藏經亦將其收錄。不過在敦煌的經錄裏沒有這部經典，《高僧傳》中亦沒有談到它。然而歷代藏經將其收錄，本身就說明它仍然是有價值的，不然就不會被收錄在中國譯著的許多印度經文最後都散佚，此論能夠在經過一千四百多年後仍得以保存下來而沒有散佚，已經是很不易的事情了。

本論在漢譯佛典中除了僧伽婆羅的譯本外，沒有第二個譯本，成爲唯一的孤本，更顯得彌爲珍貴。由於歷來僧界和學術界對它幾乎沒有什麼深入地研究，對它的全面認識尙還沒有開展，我個人認爲這部經典的價值和重要性及地位可以從以下幾方面表現出來。

一、本論是一部三藏會鈔，採擷了各種經論。如果將論中所有的經文或引文的出處都整理出來，可以看出到底使用了哪些經典，它們屬於何種派別，有助於釐清印度佛教向中國傳入的情況，以及進一步整理古代的佛經三藏。

二、全論是一部介紹佛教教義和實踐的概論性著述，將佛教的基本學說做了綱要性的解說，道理淺顯，篇幅適中，是一部佛教入門的較好讀物。特別是全書一半以上的內容爲佛教禪定理論介紹，對習佛的人有重要的指導意義和教化作用。

三、書中保存了一些有重要價值的史料。例如，《唯識樞要》云：「上座部師，立九心輪。一有分、二能引發、三見、四等尋求、五等貫徹、六安立、七勢用、八返緣、九有分心。然實但有八心，以周匝而言，總說有九，故成九心輪。」《唯識樞要》勾勒出上座部學說的心識理論的特點，但是介紹過於簡單，而不能使人進一步詳其內容，而感缺憾。

然而在《解脫道論》裏則對此有詳細的記載，它說：「於眼門成三種，除夾上、中、下。於是上事，以夾成七心，無間生阿毘地獄，從有分心、轉見心、所受心、分別心、令起心、速心、彼事心。於是有分心者，是於此有根心如牽縷。轉心者，於眼門色事夾緣故，以緣展轉諸界，依處有分心成起。有分心次第，彼爲見色事成，轉生轉心。轉心次第依眼應轉，現得見生見心。見心次第已見，以心現受生受心。受心次第以受義，現分別生分別心。分別心次第以分別義，現令起生令起心。令起心次第以令起義，由業心速行。速行心次第以速行義，不以方便生彼事果報心，從彼更度有分心。」書中還對九心輪的生滅過程做了故事譬喻，學者從中可以對這個問題做一個細緻完整地了解。[9]

又如《成唯識論》卷三云：「上座部經分別論者，俱密說此名有分識，有謂三有，分是因義，唯此恆遍，爲三有因。」從《解脫道論》的九心輪描述中，我們知道有分心是「有根心」，在九心輪的輪轉活動過程中即是最初生起的心識，亦是最後心識活動的終識，具有承先啓後的作用，是心識活動的根本識或有根心。這種認識是取自於禪定活動後而得到的一種心理分析現象，是佛教實踐活動昇華後生起的總結性認識，以後再擴展到宇宙觀的領域，成爲三有世界的恆遍因。顯然，如果沒有《解脫道論》的記載，我們不可能對一千多年前的上座部佛教的心識理論有較深入的認識，所以《解脫道論》裏面的資料對研究上座部佛教無疑有著極其重要的利用價值。

四、《解脫道論》是一部上座部佛教的論書，表明了早在一千多年前，上座部的佛教心理學說已被中國人了解，所以它是中國記載上座部執的完整心理學說的最早一部著作。它本應引起學界的注意，但是這些學說卻沒有能在中國流傳和加以利用，究其原因，可能與中國的國情、國人、僧人的情趣有關。一般說來中國人往往喜歡對本體的問題進行研究探討，而不願對心理活動狀態作細緻的分析。上座部佛教的繁瑣分析論證方法，在中國人看來只是雕蟲小技，只見樹木，不見森林，這時大乘學說已經傳入中國，對列入小乘的上座部學說不再加以重視，致使這些學說一直在中國湮沒不聞，然而今天我們從學術研究的角度來看，應該肯定它的重要地位，給其予正名的必要。

此外，全書雖爲小乘佛教的論著，但亦有一些大乘佛教的思想攙雜於中。例如卷六〈行門品之三〉曾談到：

「觀凡夫根念根所，初慈哀世間。我已得脫，當令彼脫。我已得調，當令彼調。我已得安，當令彼安。我已入涅槃，當令彼得入涅槃。……當念白馬生往羅刹國渡諸衆生。當念鹿生護彼壽命捨自壽命。當念猴生令得解脫所屬大苦。復次，當念猴生見人落坑，以慈心拔出。設樹根菓以爲供養，彼人樂肉以破我頭。以慈悲說法，語其善道，如是以衆願門，當念世尊本生功德。」（《大正藏》第三十二卷）

這裏的「衆願門」即爲大乘佛教的「慈悲利他」的普渡衆生思想。

五、有助於開展佛教的比較研究。《解脫道論》是漢譯佛典，譯畢於六世紀初。與其有密切關係的《清淨道論》是巴利佛典，完成於五世紀中葉。因此將兩者結合起來研究，這是一件非常值得做的有意義的工作。例如在佛教「漸修」基礎上建構的九心輪心理分析學說與《清淨道論》所說的「十四行相」心識活動過程幾乎是一樣的，兩家名相列表說明如左：

序號	北傳九心輪		南傳十四行相
	《解脫道論》	《唯識樞要》	《清淨道論》
1	有分	有分	結生
2	轉見	引發	有分
3		見	轉向
4			見
5			聞
6			嗅
7			嘗
8			觸
9	所受	等尋求	領受
10	分別	等貫徹	推度
11	令起	安立	確定
12	速心	勢用	速行
13	彼事心	返緣	彼所緣
14		有分	死

從表中可以看出，如果我們把「結生」、「見」的五種行相或作用，分別羼入到「九心輪」中，則「九心輪」就變成了「十四心輪」，所以「九心輪」可以被看作「十四心輪」的簡化形式。南北兩傳的比較研究結果表明，《解脫道論》應是早出的一部上座部佛教論書，帶有原始的、質樸的特點，其在撰寫年代上應該早於《清淨道論》。它的學術地位亦應在這方面體現出來。

《解脫道論》一共十二萬言。本書一共選了約四萬字。全書體系龐大，每卷都有自己的特點和中心內容，但在內容編排和互相銜接上，擬還缺少一定的集中性或系統性，看來著譯者分卷的標準是以字數來確定的，而不是按照有關同類內容全部編纂在一卷裏來進行編排的，這是它的不足之處。與《續高僧傳》所說的「華質有序，不墜譯宗」的說法尚有一定的距離。

本書節選的標準是儘可能將每卷中最值得介紹、最精華的部分選出。佛教禪定的理論與實際操作方法是節選的重點之一，有特色的上座部佛教理論，如「九心輪」的內容也都給預儘可能選入。同時爲了能夠既完整地體現出全書的整體性，又保持各卷的本身特點，所選的每卷內容儘可能篇幅相當，但又不失之於重點，而且儘量反映各部分之間的有機聯繫，側重於理論方面的介紹。未能選入的內容主要有：一、有些重複的介紹。例如對佛教禪定的觀想方法，我們只選了有代表性的一種或幾種就行了，將大部分這方面的內容捨去，但是讀者仍能通過我們選入的內容而舉一反三，觸類旁通，以一斑而窺全豹。二、對一些不重要的佛教術語不預以選入，這些術語一般都是用在固定的場合，沒有必要做專門介紹。三、有些詮釋性的語言和一些譬喻也不選入，因爲已給將其要義選入了，故不必再贅言多煩，畢竟字數有限，不可能做到面面俱到。

《解脫道論》自譯出後，的確在中國佛教史上沒有什麼影響，歷代亦沒有人對其做疏或進行研究。筆者在讀研究生時著重對《清淨道論》做一些研究，當時因寫論文需要，旁涉了《解脫道論》，做了一些非常膚淺的比較研究。這次對《解脫道論》做注和譯成白話，曾經參考了一些國內外學者大德的有關著述，獲益匪淺。然而此項工作現在仍然屬於開拓性的工作，其難度是很大的，只好戰戰兢兢的一點一點往下做，尚不敢說做的很好，只能說盡了自己的力量。筆者自知學力不逮，孤陋寡聞，斗膽著書，尚有不少錯誤，祈望讀者海涵，並歡迎批評指正。

注釋：

❶《大正藏》第三十二卷，第三九九頁。

❷巴帕特《解脱道論與清淨道論的比較研究》，浦那、印度、一九三七年。Vimuttimagga and Visuddhimagge A Cemparative Study by P.V.Bapat, Poona, India, 1937.

❸《大正藏》第二十四卷，第七二二頁下至七二三頁上。

❹參見長井眞琴《南方所傳佛典の研究》第二二〇至二三〇頁，日本圖書刊行會，昭和五十年（一九七一年）二版。又見巴帕特《解脱道論與清淨道論的比較研究》第二十章。

❺呂澂《印度佛學源流略講》第二六五頁，上海人民出版社，一九七九年。

❻見注❹。

❼唐道宣《續高僧傳》卷一，《大正藏》第五十卷，第四二六頁。

❽梁慧皎《高僧傳》卷三，《大正藏》第五十卷，第三四五頁。

❾參見拙文〈南傳佛教心理學述評〉，載《世界宗教研究》一九八九年第四期；〈巴

利佛典「十四行相」與漢譯佛典「九心輪」的比較研究〉，載《印度宗教與中國佛教》，中國社會科學出版社，一九八八年。

經
典

1卷一

因緣品第一

譯文

廣泛諮詢經藏、論藏、戒本的各種說法，這種解脫道我今當說，請大家注意聽。

問：什麼是戒？

答：戒者，有威嚴儀表之義；定者，是心不亂；慧者，為了知覺悟；解脫者，係遠離束縛；無上者，沒有煩惱；隨覺者，掌握並得到了。以上各法，為四聖法之義。瞿曇為姓，有尊稱的是世尊。以戒、定、慧來解脫，得到殊勝的功德，此功德被稱為無量。

問：解脫有幾種含義？

答：解脫有五種，即伏解脫、彼分解脫、斷解脫、猗解脫、離解脫。

問：什麼是伏解脫？

答：現在修行時，在初禪階段折伏了貪欲、瞋恚、昏沉、掉舉、疑諸蓋，此謂伏解脫。修行到達定分的更高階段，有了要解脫的感覺，此謂彼分解脫。修習出世間道，能消滅心中殘餘的纏結，暢通無礙，此謂斷解脫。繼續修行，產生了快樂的心情之果報，此謂猗（輕安）解脫。超脫生死，不再輪迴的無餘涅槃是離解脫，這種解脫道才是獲得眞正的解脫，是具足道，即大道。以戒、定、慧來說解脫道。我今天應當說解脫道。

問：怎樣來說解脫道？

答：有個善人樂意求得解脫，但卻不聽聞解脫道理，又不行伏解脫，不走正道，就像一名盲人無人引導，獨自遠遊外國。唯有衆生淪爲苦而不得解脫，欲求解脫而找不到根本的原因。

問：爲什麼解脫是根本原因？

答：正如佛陀所說，若是衆生在塵世勞累，事無巨細，然不聞佛法，最後只能退轉原初，不得解脫。還如佛陀所言，諸位比丘有兩種因、兩種緣能產生正確的見解。

問：怎樣爲二？

答：一是跟從他人學習，二是自己明確牢記佛教眞理，如是說解脫。對不實行伏解脫者，要爲他說厭惡生命，遠離之解脫。對不正當地修習伏解脫者，要消除他那不正確的地方。爲獲得禪解脫道路的人再說解脫。如遠行之人得到了善意的引導，於是伏解脫道能使人三陰成爲圓滿。

問：有哪三陰？

答：戒陰、定陰、慧陰。

問：什麼是戒陰？

答：正語、正業、正命和與此相等的同類皆可攝入，以及由戒陰而獲得的種種戒行功德。

問：什麼是定陰？

答：正精進、正念、正定和與此相符的同類皆可攝入，以及由種種定力所建立的功德。

問：什麼是慧陰？

答：正見、正思惟，和與此相近的同類皆可攝入，並由種種慧解而顯現的慧功德。此三陰圓滿爲伏解脫道。

衆比丘，還要學習三學，即增上戒學、增上心學、增上慧學。有戒有增上戒學、有定有增上心學、有慧有增上慧學。再次，有戒戒學、有戒增上戒學；有定心學、有定學增上心學；有慧慧學、有慧增上慧學。

問：什麼是戒學？

答：可以說，有名稱的戒條是名戒學；實行戒律達到一定程度，是名增上戒學。其次，凡夫俗子所持的戒名戒學；聖人所達到的戒是增上戒學。

問：什麼是心學？

答：所謂欲界之禪定。

問：什麼是增上心學？

答：色定和無色定稱爲增上心學。其次，有映相入定是心學；由定力達到一定程度和進入了定力所引發的境界，是增上心學。

問：什麼是慧學？

答：現世的智慧名慧學。與四諦（眞理）相似的智慧和成佛的智慧名增上慧學。例如，世尊爲根機是鈍根的人說增上戒學，爲處於鈍根和根機是利根之中的中根人說增上心學，爲利根人說增上慧學。

問：學者何義？

答：學習可以學到的，學習努力向上學，學習到無所學之境，是謂學。如是學習此三種學，就是伏解脫道。此三種學成就清淨，即戒清淨、心清淨、見清淨。此中，戒學是戒清淨，定學是心清淨，慧學是見清淨。戒可以洗掉犯戒之病垢；定可以洗去纏結之病垢，即是心清淨；慧可以除去無知之病垢，這是見清淨。其次，戒可以除掉作惡業之惡習，定可以除去纏綿不解之漏，慧可以除去煩惱的迷障，如是以此三種清淨爲伏解脫道。又有三種善伏解脫道，即初善道、中善道、後善道。戒是初善道，定是中善道，慧是後善道。

問：爲什麼戒是初善道？

答：精進於行善止惡的人，將取得心不退轉的成就，心不退轉即爲喜，有喜，心內充滿踴躍輕安，遍布身心，身心輕安因此得樂，有樂心即定，此謂初善。

定是中善，由定得到一種眞實知識的有樂見解，此謂中善。慧是後善，已經有了眞實如知的樂見，產生厭煩過患的感覺，依此遠離欲望，而得解脫之心，由解脫之心成立自己的知識，如是得三善道成就。

已入伏解脫道，得三種樂，即無過樂、寂滅樂、正覺樂。人持戒得無過樂，修定得寂滅樂，求慧得正覺樂，如是得此三種樂成就者，入伏解脫道。

遠離斷、常二邊見解，是謂中道具足。依靠戒來善於消除諸種欲望和執著，對於無過患之樂，生欣然之樂；依靠定來消除身體羸弱多病，對於寂滅樂增長喜樂；依靠慧來分別四諦，而且具足中道，對於正覺樂，心深懷愛樂，如是遠離二邊而得到中道具足，這就是伏解脫道。

以戒來消除作惡，以定來消除欲界道，以慧來消除三界。多持戒、少修定慧者，可得須陀洹和斯陀含果。多修戒定、少修慧者，可得阿那含果。修行戒定慧圓滿者，終成阿羅漢果，得無上解脫。

原典

廣問修多羅❶、毘曇❷、毘尼❸事，此解脫道我今當說，諦聽！

問：云何爲戒❹？

答：戒者威儀義，定❺者不亂義，慧❻者知覺❼義，解脫者離縛義，無上❽者無漏❾義，隨覺者知得義。此法者四聖法義。瞿曇❿者姓義，有稱者世尊⓫義。以戒、定、慧解脫殊勝功德，能到最勝功德名稱無量⓬。

解脫者何義？

解脫者五解脫，伏解脫、彼分解脫、斷解脫、猗解脫、離解脫。

云何伏解脫？

現修行初禪伏諸蓋⓭，此謂伏解脫。彼分解脫者，現修達分定⓮諸見解脫，此謂彼分解脫。斷解脫者，修出世間⓯道能滅餘結⓰，此謂斷解脫。猗解脫者，如得果⓱時樂心猗，此謂猗解脫。離解脫者，是無餘涅槃⓲，此謂離解脫。此解脫道爲得解脫，是具足道。以戒、定、慧謂解脫道。解脫道者，我今當說。

問：何用說解脫道？

答：有善人樂得解脫，不聞說解脫故，又不伏解脫故，又不正伏解脫故，如盲人無導獨遊遠國。唯嬰衆苦不得解脫，欲得解脫而無所因。

何以故？解脫是因。

如佛所說若有衆生塵勞微細，不聞法故終亦退轉。又如佛說，諸比丘[19]有二因二緣能生正見[20]。

云何爲二？

一從他聞，二自正念[21]，是故說解脫。不伏解脫者，爲生厭離故說解脫。不正伏解脫者，爲除不正道[22]。爲得禪解脫道故說解脫。如遠行人得善示導，是伏解脫道，三陰[23]成滿。

何等爲三？

謂戒陰、定陰、慧陰。

云何戒陰？

正語[24]、正業[25]、正命[26]及種類所攝，或戒陰種種戒功德聚。

云何定陰？

正精進[27]、正念、正定[28]及種類定陰所攝，或種種定功德聚。

云何慧陰？

正見、正思惟[29]及種種類所攝，或種種慧功德聚。此三陰成滿，是伏解脫道。

當學三學[30]，謂增上[31]戒學、增上心學、增上慧學。有戒有增上戒學，有定有增上心學，有慧有增上慧學。復次，有戒戒學，有戒增上戒學；有定心學，有定學增上心學；有慧慧學，有慧增上慧學。

問：云何戒學？

答：謂有相[32]戒是名戒學，謂達分戒是增上戒學。復次，凡夫戒是名戒學，聖戒是增上戒學。

問：云何心學？

答：所謂欲定[33]。

問：云何增上心學？

答：色[34]定及無色[35]定，此謂增上心學。復次，有相定心學，達分定及道[36]定，是謂增上心學。

云何慧學？

謂世間(37)智是名慧學，四諦(38)相似智及道智是謂增上慧學。如世尊爲鈍根人說增上戒學，爲中根人說增上心學，爲利根人說增上慧學。

問：學者何義？

答：學可學、學增上學、學無學，名學。如是學此三學，謂伏解脫道。以三種學成就清淨，所謂戒清淨、心清淨、見清淨。於是戒是戒清淨，定是心清淨，慧是見清淨。戒者洗犯戒垢，定洗纏垢，是謂心清淨，慧除無知垢，此謂見清淨。復次，戒除惡業(39)垢，定除纏垢，慧除使垢，如是以三清淨是伏解脫道。又以三種善伏道，謂初、中、後善，以戒爲初，以定爲中，以慧爲後。

云何戒爲初善？

有精進人成就不退，以不退故喜，以喜故踊躍，以踊躍故身猗，以身猗故樂，以樂故心定，此謂初善。

定爲中善者，以定如實知見，此謂中善。

慧爲後善者，已如實知見厭患，以厭患故離欲，以離欲故解脫，以解脫故成自知，如是成就三善道。

已伏解脫道，得三種樂，謂無過樂、寂滅樂、正覺樂。彼以戒得無過樂，以定得寂滅樂，以慧得正覺樂，如是成就得三種樂，是伏解脫道。

遠離二邊㊵得中道㊶具足。以此戒善除諸欲著，於無過樂情生欣樂；以定除身羸，於寂滅樂而增喜樂；以慧分別四諦，中道具足，於正覺樂深懷愛樂，如是遠離二邊得中道具足，是伏解脫道。

以戒除惡趣㊷，以定除欲界，以慧除一切有。於戒多修，於定慧少修，成須陀洹㊸、斯陀含㊹。於戒定多修，於慧少修，成阿那含㊺。修三種滿，成阿羅漢㊻無上解脫。

注釋

❶**修多羅**：梵文Sūtra，又譯素怛，佛教三藏之一的經藏總稱。

❷**毘曇**：梵文Abhiotharma，又譯阿毘達磨或阿毘曇等，佛教三藏之一的論藏總稱。

❸**毘尼**：梵文Vinaya，又譯毘奈耶，佛教三藏之一的律藏總稱。

❹**戒**：梵文Śīla，音譯尸羅，意譯慣行，轉爲行爲、習慣、道德和虔敬等，指佛教徒應遵循的行爲準則。此處謂佛教三學之一的戒學。

❺**定**：梵文Samādi，亦譯等持，音譯三摩地、三昧。指佛教徒在修行實踐中所表現的心注一境而不散亂之精神狀態。此處指佛教三學之一的定學。

❻**慧**：梵文Mati，特指佛教所持的特殊學問或智慧。此處指佛教三學之一的慧學。

❼**覺**：梵文Buddha，音譯菩提，謂佛教徒經過學習或修行之後，獲得的一種清新愜意的精神狀態或境界，即覺悟。

❽**無上**：梵文Anuttara，音譯阿耨多羅。《維摩詰經．佛國品》僧肇注「阿耨多羅，秦言無上，……道莫之大，無上也。」此處喻得到覺悟，了達佛理之智者。

❾**漏**：梵文Āsrava，原意泄漏，此爲煩惱。

❿**瞿曇**：梵文Gotama之音譯，釋迦牟尼佛之名。

⓫**世尊**：釋迦牟尼佛之尊稱。

⓬**無量**：無法計算的量數。

⑬**蓋**：衆生由身、口、意惡行所引起的貪欲、瞋恚、昏沉（或睡眠）、掉舉惡作、疑之五種煩惱。

⑭**達分定**：指禪定時達到一定的境界。通常爲在此時所生起的禪思，可以促使達到更好的下一個階段。

⑮**出世間**：謂佛教所說的與現實世界相對的清淨、完美的理想世界。

⑯**結**：原意締結。《清淨道論》曰：「因爲上下於色等所緣境界而屢屢生起愛著，猶如竹叢中的竹枝糾纏而稱爲枝網，故名爲結。」即愛網義。

⑰**果**：因修行之後而獲得的果報。

⑱**無餘涅槃**：生死之因果已盡，不再輪迴三界之境界。

⑲**比丘**：梵文Bhikṣu，出家受具足戒之男子。

⑳**正見**：八正道之一，如實見諸法實相，不常不斷之中道見。

㉑**正念**：八正道之一，以眞智憶念正道而無邪念。

㉒**正道**：即八正道，謂正見、正思惟、正語、正業、正命、正精進、正念和正定等八種遠離邪非，能到涅槃解脱之正確方法或途徑。

㉓**陰**：即蘊義，聚集類。

㉔**正語**：八正道之一，口說佛理，不說非佛理。

㉕**正業**：八正道之一，按照佛理正確地清淨自心之行動。

㉖**正命**：八正道之一，符合佛教戒律正確地生活。

㉗**正精進**：八正道之一，精修涅槃之道。

㉘**正定**：八正道之一，實行正確之禪定。

㉙**正思惟**：八正道之一，正確思考佛教義理。

㉚**三學**：戒學、定學、慧學三類統稱。

㉛**增上**：即增進助長。

㉜**有相**：凡可見知之物，包括認識中的映相、名相，它們均由分別執著而產生，故虛幻不實。

㉝**欲定**：欲界爲三界之一，欲定爲在欲界所體驗的定。

㉞**色**：三界之一的色界。有淨妙之色質的器世界及其衆生之總稱，位於欲界上方，乃天人之住處。

❸❺**無色**：三界之一的無色界。指超越物質之世界，厭離物質之色想而修四無色定者，死後所生之天界。

❸❻**道**：即覺悟。

❸❼**世間**：謂現實世界。

❸❽**四諦**：指苦、集、滅、道四種正確無誤之眞理。此四者皆眞實不虛，故稱四諦。

❸❾**惡業**：謂身、口、意所造乖理之行爲。即指出於身、口、意三者之壞事、壞話、壞心等，能招感現在與未來之苦果。通常指造五逆、十惡等業。

❹⓿**二邊**：指認識中所執著認識對象的兩面極端方式。

❹❶**中道**：脫離二邊，走不偏不倚的道路或持同樣觀點、方法而獲得的認識。

❹❷**趣**：謂追求、愛好。

❹❸**須陀洹**：巴利文Sotāpanna，指斷盡三界之見惑（八十八使），預入聖道之法流，以第十六心入無漏聖道之階位。

❹❹**斯陀含**：巴利文Sakadāgāmi，指已斷除欲界九品修惑中之前六品者；因此位之聖者尚未斷除後三品之修惑，故一度生於天界再來人間而入般涅槃。

㊺**阿那含**：巴利文Anāgāmi，即指將斷除欲界九品修惑中之後三品，而即將證入不還果之階位。

㊻**阿羅漢**：巴利文Arahanta，小乘佛教認爲世俗凡夫經修行之後能達到的最高境界。指已斷盡色界、無色界之一切見惑、修惑，而永入涅槃，不再有生死流轉之階位。

分別戒品第二

譯文

問：戒有哪幾種？

答：戒有思戒、威儀戒、不越戒三種。

問：思戒有何特徵？

答：我持戒不作惡行。一旦作惡，必將自受惡果。

問：威儀戒有何特徵？

答：遠離犯戒的地方。

問：不越戒有何特徵？

答：若人持戒，其行爲和說話都不會產生過患。

再說因斷而起威儀的道理。一切善法就是戒，如論所說，以出離法來斷絕欲望之欲，是故戒能遠離惡行。思戒、護戒、威儀戒以不起瞋恚而斷滅瞋恚，以見光明之相而斷滅睡眠（昏沉），以心不散亂而斷滅心調戲不定，以起堅定見解而斷滅疑悔，以智慧斷滅無明，以喜悅之情來斷滅無樂趣之感覺；以初禪來斷滅五蓋，以第二禪來斷滅覺觀，以第三禪來斷滅喜，以第四禪來斷滅樂；以觀空無邊處入定來斷滅有關色（物質）的想法，乃至瞋恚等種種不正確的思想，以觀識無邊處入定來斷滅虛空之想，以無所有定來斷滅識無邊處定想，以非想非非想定來斷滅無所有定想。

以世間無常之見來斷滅常性之有想。以一切皆苦之見來斷滅有樂想，以諸法無我之見來斷滅執著有我之想，以世間不淨穢之見來斷滅淨潔之想；以世間必有過患之見來斷滅起貪愛想，以沒有染污之見來斷滅欲望想，以萬法俱滅之見來斷滅集聚想，以消受磨損之見來斷滅厚實想，以分散之見來斷滅聚注一處想，以諸事皆有生滅之見來斷滅恆常存在之想，以沒有相狀之見來斷滅有相狀之想，以無所作之見來斷滅有所作之作，以空見來斷滅根塵互相順入之妄，以增益向上的智慧來斷滅執著之固見，以如是眞實知見來斷滅無明偏執，以世間皆是過患之見來斷滅可以安居之執著，以觀想法斷滅不作觀想，以事物轉散分離之見來斷滅萬事和合之執，以須陀洹道來斷滅見一處煩惱，以斯陀含道來斷滅粗煩惱，以阿那含道來斷滅細煩惱，以阿羅漢道來斷一切煩惱。以上所說的各種斷滅法就是不越戒、思戒、護戒和威儀戒，統稱戒。

問：戒有何特徵？

答：用威儀破除非威儀。

問：什麼叫非威儀？

答：是說破法。破法有三種。第一種是破波羅提木叉（別解脫）戒法。第二種是破緣法。第三種是破根法。

問：怎樣叫破波羅提木叉法？

答：即無慚無愧，於如來失去信念。

問：怎樣叫破緣法？

答：命根與形飾相應，離開了知足之想。

問：怎樣叫破根法？

答：不閉六根（眼、耳、鼻、舌、身、意），離開了正念和智慧。以上三種顛倒之法就是非威儀，即是戒的特徵。

問：戒有何種作用？戒怎樣生起，什麼是戒的近因？

答：沒有過失的樂是戒的作用，沒有憂慮是戒的生起，三種善行是戒的近因。其次，戒有喜悅殊勝的作用，不悔之心可以生起戒，覆滅諸根是戒的近因。

問：戒有哪些功德？

答：不悔是戒的功德。正如世尊告訴阿難，戒具有無後悔的功德。其次，戒是無過失的樂，是衆生最重要的事，是財產，是富貴，是去佛地之處，是浴沐之淨水，是香草普薰，是影子跟隨形體，是衣服破了可以修補，是成聖的種子，是無上之學，是往生善趣道。若人持戒在身，是有戒行，可以成就無畏氣概，在親友面前可以榮顯，會獲得聖人憐愍，是親友的依靠，是至善莊嚴，是諸行之領導，是功德所歸之處，是供養之地，是可貴值得大家共同學習之處。對於諸善法不畏不退，可以成就一切清淨的意願，至死都不會忘掉，是成就伏解脫的方便。這些是戒的無邊功德。

問：戒有什麼意義？

答：戒有冷、增上、行、自性、苦樂性相應等義。其次，戒有頭、冷、安等義。

問：爲什麼說頭爲戒義？

答：人若無頭，六根就不能攝取六塵，這時候稱爲死亡。因此，比丘把戒看作頭，強調頭若折斷，就會失去諸種善法，對於佛法而言就稱爲死。

問：爲什麼說冷爲戒義？

答：在燥熱之時摸到冰涼的栴檀木，於是身體感覺清涼，毫無熱惫，湧出歡喜。因此，戒具有冷栴檀木的作用，能夠使人消除犯戒所產生的恐懼、畏怕和焦急，於是心生歡喜感覺。這就是戒的冷義。

問：爲什麼安爲戒義？

答：世人持戒，不管在風度乃至儀表上都表現出良好的氣魄，服裝整齊，態度嚴肅莊重，沒有恐怖和畏懼上身，安然處之，如是安爲戒義。

問：戒與行有何差別？

答：修行精進之人，受持頭陀（苦行），這是修行而不是戒。戒亦稱爲行，戒使人產生威儀作用。

原典

問：云何戒者？

謂思戒、威儀戒、不越戒。

何者爲思戒?我不作惡,作者自受。

何者威儀戒?離於犯處。

云何不越戒?

若有戒,人身、口無過。

復次,斷義威儀。一切善法是戒,如阿毘曇說,以出離法斷於欲欲,是戒能離惡。思戒、護戒、威儀戒,以不瞋❶恚❷斷滅瞋恚,以光明相斷於睡眠,以不散亂斷於調戲,以見法起斷於疑悔,以智斷無明❸,以喜斷無可樂;以初禪❹斷五蓋,以二禪斷覺觀,以三禪斷喜,以四禪斷樂;以空入定斷於色❺想,乃至瞋恚及種種想,以識❻入定斷虛空,以無所有定❼斷識入想,以非想非非想定❽斷無所有。

以無常❾見斷於常想,以苦見斷樂想,以無我❿見斷我想,以不淨見斷淨想;以過患見斷於愛想,以無染⓫見斷於欲想;以滅見斷集⓬,以消見斷厚,以分見斷聚,以生滅見斷常,以無相⓭見斷相,以無作見斷作,以空見斷人;以增上慧見斷執著,以如實知見斷無明執,以過患見而斷居執,以彼觀見斷不彼觀,以轉散見斷和合執;

以須陀洹道斷見一處煩惱，以斯陀含道斷麁煩惱，以阿那含道斷細煩惱，以阿羅漢道斷一切煩惱，此謂不越戒、思戒、護戒、威儀戒。此謂戒。

何戒相者？

威儀除非威儀。

問：云何名非威儀？

答：謂破法。破法有三種。一破波羅提木叉⑭法，二破緣法，三破根法。

云何破波羅提木叉法？

謂無慚無愧，於如來⑮離信⑯。

問：云何破緣法？

答：命與形飾相應離於知足。

云何破根法？

不閉六根⑰門離於念慧。以此三覆非威儀，是名戒相。

何味者、起者、足處者？

無過樂是味，無憂是起，三善行是足處。復次，悅勝爲味，不悔爲起，覆諸根爲足處。

何戒功德者？

不悔是戒功德。如世尊告阿難[18]，不悔戒善是功德義。復次，名戒者是無過樂，是衆姓上，是財爲富貴，是處爲佛地，是浴爲水，是香普薰，是影隨形，是繖[19]覆可覆，是聖種，是學無上，是善趣道。若人有戒，爲有戒故，成就無畏，榮顯親友，聖所憐愍，是親友依，是善莊嚴，是領諸行，是功德處，是供養處，是可貴同學處。於諸善法不畏不退，成一切意願清淨，雖死不忘，成伏解脫、樂方便。如是無邊功德。

戒者何義？

答：冷義、增上義、行義、自性義、苦樂性相應義。復次，頭義、冷義、安義。

云何頭爲戒義？

答：如人無頭，一切諸根不復取塵，是時名死。如是比丘以戒爲頭。若頭斷已失諸善法，於此佛法謂之爲死，是戒爲頭義。

何者冷爲戒義？

如摩[20]勝冷栴檀[21]，則除身熱成就歡喜。如是戒爲勝冷栴檀，能滅犯戒恐畏心熱成就歡喜，是冷爲戒義。

何者安爲戒義？

答：若人有戒，風儀整肅不生恐畏，是安爲戒義。

行何差別者？

修行精進，受持頭陀，是行非戒，戒亦名行。戒名威儀，受亦名行。

注釋

❶**瞋**：佛教三毒之一，爲煩惱的根源。

❷**恚**：通常與瞋合用，統稱瞋恚。

❸**無明**：梵文Avidyā，亦譯名癡、愚癡，十二因緣之一，三毒之一，根本煩惱之一，泛指引起人們認識的遮障之因或世俗世界的原始總因。

❹**禪**：梵文Dhyāna，音譯禪那，意譯靜慮、思惟修等，謂修行者在實踐中所作的一種心注一境，正審思慮的活動。一般分爲四種境界（四禪），但南傳上座部獨據五禪之說。

❺**色**：與空相對的客觀存在之實體世界。

❻**識**：四無色定之一的識無邊處定，爲禪定後的一種境界。此定超越空無邊處定，而思惟識爲無限大，亦即思惟識無邊之相。

❼**無所有定**：四無色定之一，由禪修所通達的一種精神境界。此定超越識無邊處定，與無所有相應，即思惟無所有之相而安住之。

❽**非想非非想定**：四無色定之一，禪修者之精神境界。此定超越無所有處定，思惟非想非非想之相，具足而安住之。

❾**無常**：佛教認爲整個世界之事物皆處於一種無常性的狀態。

❿**無我**：梵文Anātman，亦稱非我、非身，三法印之一，指世界一切事物皆無獨立的實在自體。此指人無我，即人由五蘊和合而成，沒有常恆自在的主體。

⓫**染**：污染或受影響。

⓬**集**：指世界萬事萬物皆集聚而存在。

⓭**無相**：謂擺脫世俗之有相認識後所得之眞如實相。

⓮**波羅提木叉**：梵文Prātimoksa之音譯，義譯別解脫。謂遵守規戒可解脫一切煩惱。

⑮**如來**：梵文Tathāgata，音譯多陀阿伽多、多陀阿伽度、怛他蘖多等。佛的十個稱號之一。

⑯**信**：梵文Śraddhā，小乘俱舍宗七十五法中大善地法十之一。使心、心所澄淨之作用。

⑰**六根**：眼、耳、鼻、舌、身、意六種感覺器官。

⑱**阿難**：梵文Ānanda，全稱阿難陀，義譯歡喜、慶喜等。是釋迦牟尼佛的堂弟，擅長記憶，曾在第一次結集時，複誦經藏，爲十大弟子之一，尊稱多聞第一。

⑲**繖**：音轍，意爲衣服破了。

⑳**摩**：即摩擦。

㉑**栴檀**：即檀香樹，可作藥治療風腫。

2卷二

分別定品第四

譯文

問：怎樣生起定？

答：修定之人將有清淨心，並且一向精進，證得寂靜功德。正心眞實穩住不亂，此謂定。其次，煩惱似風猛亂刮起，卻不能傾使心裏憂慮煩亂，正如佛殿裏的油燈火焰上竄不動，又如論中所言，若心正住不亂，無所攀繫牽緣，亦不亂動。心中寂靜，無所執著，正定、定根、定力，這都是說定。

問：定有何特徵？有何作用？何時生起？什麼是定的近因？

答：心住不亂是定的特徵，折伏怨恨是定的作用，生起寂靜之心，即使有染污在側，仍不執著，心得解脫是定的近因。

問：什麼人可以入定？

答：修定之人令心平等，行方便發定令心等持，譬如手中執秤，令心的作用平等，好比油置鉢中；正念和精進平等不偏，稱爲定，猶如四馬拉車，齊心使力；平等心思惟，稱爲定，如弓箭師在射箭時精心調整，試圖把箭準確射直；定可以消除怨恨，有用藥消毒之功效。恰如論所說，歛心關注是定的意思，順從思路繼續思惟是定的意思，思惟圓滿更是定的意思。

禪有四種，是說初禪等等禪。

解脫者，是說八種解脫，內有色想外觀色等。

定有三種定，是說有覺有觀等。

正受者，是指九次第正受。

問：什麼是禪？

答：思惟事，思惟怨，心喜樂，離障解脫，令平等，方便發定，得自在，不以一義住正受，樂生定。

再次，定有四種，即初禪、二禪、三禪、四禪。離開五蓋（貪欲、瞋恚、昏沉、掉舉惡作、疑），成就覺、觀、喜、樂、一心，此謂初禪。離開覺、觀，成就喜、樂、一心三支，是爲第二禪。離喜成就樂、一心二支，是爲第三禪。離樂成就捨一心，是爲第四禪。

復次，定亦有五種，即初禪、二禪、三禪、四禪和五禪。五禪者爲覺、觀、喜、樂、一心五支。遠離五蓋，成就覺、觀、喜、樂、一心是爲初禪。離覺成就觀、喜、樂、一心是第二禪。離喜成就樂、一心是爲第三禪。離樂成就勝進分和決擇分，是第四禪。所謂捨一心，是爲第五禪。

問：爲什麼要提出四禪說和五禪說兩種？

答：係因兩種人的果報，故有兩說。第二禪爲二種：無覺無觀和無覺少觀。

問：哪種坐禪人初禪自在生起之後而現第二禪？

答：有一種人在坐禪時，用粗覺觀攝念思惟，隨後了知覺的過患，生起無覺觀的第二禪，如此是修習四禪的順序。還有一種人已經在初禪的基礎上生起了第二禪，但他以粗覺攝念思惟，只知道有覺的過患，起無覺少觀的第二禪，如此是修習五禪的順序，所以說有五禪。

原典

問：云何起定？

答：定者有清淨心，一向精進與寂靜功德等。正眞住不亂，此謂定。復次，煩惱猛風無傾心慮，如殿裏燈光焰不動，如阿毘曇說，若心正住無所攀緣，亦不動亂。寂靜無著，正定、定根、定力，此謂爲定。

云何相、何味❶、何起、何處？

心住是相，伏怨是味，寂靜是起，於染不著，心得解脫是名爲處。

何人受定？

謂受心數❷等、方便定等，如手執稱；令心、心數等，如鉢中油；念與精進等行爲定，猶如四馬齊力牽車；思惟等爲定，如彼箭師注心調直；以除怨故，如藥消毒。如毘曇說：斂攝是定義，從是定義，滿是定義。

禪者四禪，謂初禪等。

解脫者，謂八解脫，內有色想外觀色等。

定者三定，謂有覺有觀等。

正受者，謂九次第正受。

云何為禪？

思惟事故，思惟怨故，心喜樂故，離障❸解脫故，令平等故，方便發定故，得自在故，不以一義住正受故，樂起定故。

復次，定有四種，初禪、二禪、三禪、四禪。離於五蓋成就覺觀喜樂一心，此謂初禪。離於覺觀成就三枝❹，離喜成就二枝，離樂捨一心成就第四禪。

復次，定有五種，謂初禪、二禪、三禪、四禪、五禪。五禪者為五枝，是謂初禪。離覺成就四枝，是謂二禪。離喜成就二枝是謂三禪。離樂成就二分❺謂第四禪，所謂捨一心。

問：何故說四禪及五禪？

答：由二人報故。第二禪二種，謂無覺無觀、無覺少觀。

問：是誰坐禪人，令初禪自在起第二禪？

答：於麁覺觀攝念思惟，復知覺過患令起無覺觀第二禪，是其修四禪次第。復有一人已令初禪自在現起第二禪，於麁覺攝念思惟，唯知覺過患見無覺少觀起第二禪，是其受五禪次第，是故說於五禪。

注釋

❶**味**：指作用。

❷**心數**：又名心所，指心法數多，即人的認識活動能力和方法。

❸**障**：指認識上所碰的迷障或遮障使人不能覺悟。

❹枝，通「支」。

❺**二分**：謂勝進分和決擇分，此二分爲修禪者經修定後，通向更高階段智慧與力量的信心。

覓善知識品第五

譯文

問：坐禪人在何時、依靠什麼生起禪定？

答：初學坐禪之人欲生起禪定，應該尋覓善知識爲師。爲什麼？因爲初坐禪時，欲生起禪定，才能獲得最殊勝定之境界。如果離開善知識的指導，就不能住於定境，即不住分。如佛經中所說，有些比丘雖行禪之舉，卻總出現行爲的障礙，即退分。好比一人獨自遠遊他國，沒有旅伴陪同，也沒有人從旁提醒指示，於是只好漫無目標，隨意自行，有如象無鉤。如果坐禪人修行，得到善知識的說法和教誡，使心攝受，指出錯誤令其改過，獲得善法。所以，聽從別人的教導修行，精勤苦行，就可以獲得最殊勝之禪定。這正像富有的商人、地主，受到衆人的敬仰和尊重。像親近善人、親近父母、善知識一般，好比大象被栓住使之不亂動，又如駕車人驅車隨意或駛或停，又如人來執導拖引，爲得善道，如醫治病痛爲消滅苦楚，猶如天上降雨滋潤諸種植物，如母親撫養子女，如父親教育兒女，如親人之間相處無難，如朋友之間互相得益，如師長諄諄告誡學生。一切善法由此成就圓滿。

如是世尊教誨弟子難陀，凡一切梵行就是所謂的善知識，所以應當結交具有殊勝的善人爲善朋友。

問：什麼人是勝善知識？

答：指有所成就的人，即明達經、論、律三藏者，就是所得成就。懂得業報的種子，得善神通，得見（苦、集、滅、道）四種眞理。所以得善神通和得見四諦的兩種人，他們的功德已經成就，是修定人所應求教和學習的。

原典

問：爾時何以起定？

答：若初坐禪人欲生禪定，當覓善知識。何以故？初坐禪，欲生禪定，得最勝定。若離善知識成不住分❶，如經中說，有雲比丘成於退分❷，如人獨遊遠國，無侶開示隨意自行，如象無鉤。若坐禪人所修之行，得善知識說法教誡，令其攝受，示除過患，使得善法。從教修行，精勤苦行，得最勝定。如富商主衆所敬貴，如親善人，如親父母。善知識者，如象所繫令不動故，如御車人使隨去住故，如人執拕❸為得善道，如醫治病為消苦楚，猶如天雨潤益諸種，如母養兒，如父教子，如親無難，如友饒益，如師教誡，一切善法依是成滿。

是故世尊教於難陀❹，一切梵❺行所謂善知識。是故當覓勝善之人為善朋友。

云何是勝善知識？

謂有所成就，明了修多羅、毘曇、毘尼，是謂所得成就。明了業❻種，得善神通，得見四諦❼，此二種人功德成就，是所當覓。

注釋

❶住分：修禪者在心中樹立佛法之念。

❷退分：修禪者出現行為障礙。

❸拕：音「唾」，拖曳意。

❹難陀：梵名Nanda，意譯作歡喜、嘉樂。為釋尊之異母弟，娶妻孫陀利。後佛陀以

方便之教誡，始斷除愛欲，證阿羅漢果。於佛弟子中，被譽爲調和諸根第一者。

❺**梵**：梵文Brahaman，義譯清淨、寂靜、離欲等。爲婆羅門教和印度教用來表示修行解脱之最高境界，又爲不生不滅、常住、無差別相，無所不在的最高實體和宇宙之最高主宰。佛教沿用。此指佛教的清淨涅槃，無上解脱的最勝活動。

❻**業**：梵文Karma，音譯羯磨，泛指一切身心活動，主要是身、口、意三種活動。有善、惡、無記三種。

❼**諦**：梵文satya，意爲眞理。有四種，即苦諦、集諦、滅諦和道諦，合稱四諦或四聖諦。

3卷三

分別行品第六

譯文

此時做指導的導師，連續數日觀察弟子的行爲。就其弟子的行爲舉止，教示與其行爲相應的觀行處。修行者有十四種行爲。它們是：欲行、瞋恚行、癡行、信行、意行、覺行、欲瞋恚行、欲癡行、瞋癡行、等分行、信意行、信覺行、意覺行、等分行。其次，愛、見、慢等其他各種行爲可以知道，於是貪欲驅使行者之心性樂著，同樣地這也是一種行爲。

問：怎樣才可以了解和區分修行者的欲行、瞋行及癡行幾種行爲？

答：可以從七種行爲來判斷與區分。這七種行爲是事（情）、煩惱、行走、受取、食（物）、行爲和臥（睡）。

問：怎樣從事（情）來判斷？

答：欲行人看見一切事情時，往往以一種見到不經常碰到的事情之態度來看待。於是他見到某事後，一直長期視其爲眞實不疑，而不能看到此事的另一方面或不足的地方。對這種人只能成就一些微乎其微的小小功德，難以成就大的功德。如果此種人不從這種執著欲望的「常見」中解脫出來，即便是有了正確想法，也不能在行動中表現出來。從一件事就可以推演到其餘的事情。諸如此類，欲行人辦事可以知道矣。

瞋行人處事，見到所要做的事時，往往不能持之以恆，懶散怠倦，不願長期鑽研或表現出長久的興趣，如此造成的過失通常是壞自己或毀了他人。這種行爲固然多建功德並不難，可是卻難於持久。如果不把這個毛病擯棄，那麼只能給自己帶來種種不方便和各種過失。知道瞋行人在辦一件事時是這樣的態度，那麼辦其他事時都是如此，於是瞋行人的處事能力可以知道矣。

癡行人碰到事情時，不管是在建功德或釀過失，所表現的最大毛病是盲目信從，沒有自己的主張。例如聽見了別人對某事菲薄，於是不加思考也跟著鼓噪；看見人家讚歎某人或某事時，於是也發出讚歎。自己都不知道是怎麼回事，就隨意盲從，發表見解，以這樣的態度來處理諸事，可見癡行人的水平了。

以上即是以事可知的情況。

問：怎樣從煩惱來了解諸行人的表現？

答：欲行人多以五種煩惱來表現自己。這五種煩惱是嫉、慳、幻、諂、欲。瞋恚行人行事經常有忿（怒）、（仇）恨、覆、慳、瞋五種煩惱。癡行人經常表現出懶、懈怠、疑、悔、無明五種煩惱。

以上可知不同的人身上所表現出的煩惱情況。

問：怎樣從行走來判斷諸行人？

答：從欲行人走路的樣子，可以看出他的性格。欲行人抬脚走路快速平穩。雖然抬脚平穩落下，但是步子卻邁的不大，因此抬脚走路的姿勢是很可愛的。由是從走路上可以看出欲行人的性格。

瞋恚行人的走路也有他的性格。行走時雙脚急起急落，頻率很快，脚落地時只以半隻脚先與地面接觸，實爲踮著脚在走路，由是可以從瞋行人的走路方式而判斷出他的性格。

癡行人走路同樣也有自己的特點。起脚走路時雙脚始終與地面摩擦，抬不起脚，拖著行走，而且步子邁的極小，幾乎是前脚接著後脚，可謂接踵而行。只要見到用這種姿勢走路的人，可知其是癡行人。

以上介紹了以行走的方式或姿勢而判斷諸行人的性格。

問：怎樣從人的穿著上來判斷諸行人的性格？

答：欲行人若穿衣必有自己的特徵。一般欲行人穿衣不多見衣裳肥大，上衣下擺太長的種種情況，而是著衣周正得體，尺寸合適，圓滿無缺，給人以種種可愛的形象。

瞋行人若穿衣也表現了自己的性格。一般瞋行人穿衣，全身裹得太緊，衣擺吊得太上，既不周正，也不圓滿，呈現出種種不可愛的情況，不忍再看。

癡行人穿衣的特徵是，衣裳太寬肥，不周正，不圓滿，形象既不可愛，也不可觀。

以上是說諸行人穿衣的種種性格。

問：怎樣從吃的食物來判斷諸行人之性格？

答：欲行人樂於吃肥膩、甜美的食物。瞋恚行人喜歡吃油炸的食物。癡行人則沒有固定的口味，什麼東西都愛吃。

其次，欲行人吃東西時，不使勁貪吃，即便是自己喜愛的食物，也是適可而止，到了一定的量後就不再進食了。對有刺激味道的食物，欲行人慢吃細嚥，如果碰到氣味小，對人刺激不大的食品，則最歡喜，亦最合適了。

瞋行人見了食物，多取可口的猛吃，嘴裏塞得滿滿的，而且喜歡味道重的食品，口味不重，還不滿意，出現惱怒相。

癡行人看見了吃的東西，不考慮此物是否適合自己的胃口，先取一小部分往嘴裏送，滿足其口味，然後拿一半塞到嘴裏，另外一半則掉到盤子裏，狼吞虎嚥，心亂不思，品不出味道。

於是各種人的吃相可以了知矣。

問：怎樣從行者的業（行爲）來看人？

答：欲行人掃地，站穩身子，拿好掃箒，掃地時不揚箒，於是不見土沙灰塵，但地卻乾乾淨淨。

瞋行人若掃地，緊緊拿住掃箒，往兩邊揚起，土沙灰塵皆都除走，聲音嘩嘩不小，不過倒亦掃得乾淨，只是動作聲音太大與清淨場所的氣氛相比較，顯得太不協調了一些吧。

愚癡行人掃地，掃箒不揑牢不說，而且掃地時掃箒在地上劃圈、劃弧，掃過之處，仍然不乾淨，自然亦更不協調了，大煞風景。

由掃地一事還可以推知洗衣、染布、縫被等事，各行人都有自己的風格和習慣，說明一切將要做的事情、條件都是一樣的，但是每人所用的心思卻不相同。

所以，我們從掃地等事可以看出，欲行人和瞋行人對不一樣的事情，會做出不同的思考和使用不同的辦法。但是癡行人卻只能以迷亂之心行事，多於事無成。

現在，我們知道了人與人之間所做的業（行爲）的不同，而產生的區別之道理了。

問：怎樣從人的睡眠來了解人的不同？

答：欲行人入睡時姿勢不亂。睡前先檢查臥處是否牢靠周正、平整，睡時側臥，雙臂彎曲。如果夜裏有事將他喚醒，馬上即起。如果有事諮疑，即刻回答。

瞋行人若在睡眠時，不擇臥處，隨遇所安。睡時身體擠做一團，面目表情頻頻變化，皺眉蹙額。如果夜裏有事將其喚醒，即刻而起，可是卻不高興的回答問題。

癡行人若入睡，臥處不整齊，睡相難看，叉手叉脚，面朝下趴著而臥。夜裏若有事情要將他喚醒，則作唔唔的應聲，過了很久，才開始作答。

以上即是從睡眠來了解各種行人。

原典

爾時，依止阿闍梨❶，以數日觀其行。其行相應行處應當教。於是行者十四行，欲行、瞋恚行、癡❷行、信行、意行、覺行、欲瞋恚行、欲癡行、瞋癡行、等分❸行、信意行、信覺行、意覺行、等分行。復次，愛、見、慢❹等種種行可知，於是貪欲意使行性樂著，無異於是義。

云何可知此人欲行、此人瞋行、此人癡行？

答：以七行可知。如是以事、以煩惱、以行、以受取、以食、以業、以臥。

云何以事可知？

欲行人見所有事，未常見而見。既見，恆觀於眞實，過患不作意，於小功德成不難。不從此欲解脫，既觀不能捨行。知於餘事，諸如是行，欲行可知。

嗔行人者，見所有如是事，如倦不能久看，隨取過患多毀人，於多功德非不難。從此不捨，唯以過患得已便。知行餘事，亦如是行，瞋行可知。

癡行人見所有如是事，於功德過患成信他。聞他人所薄亦薄，聞他所讚歎亦讚歎。自不知故，以如是行於外事，癡行可知。

如是以事。

問：云何以煩惱可知？

答：欲行人五煩惱，多行嫉、慳、幻、諂、欲，此謂五。

瞋恚行人五煩惱，多行忿、恨、覆、慳、瞋，此謂五。

癡行人五煩惱，多行懶、懈怠、疑、悔、無明是五。

如是以煩惱可知。

問：云何以行？

答：欲行人見行以性，舉脚疾行平，舉脚平下脚不廣，舉脚可愛行。如是以行欲行可知。

瞋恚行人見行以性，急起脚急下，相觸以半脚入地，如是已行瞋恚人可知。

癡行人見行以性，起脚摩地亦摩下，以脚觸脚行。以如是行，癡行人可知。

如是以行。

問：云何以著衣欲行人？

答：欲行人若捉衣以性，不多見不寬，著衣太下，周正圓種種可愛可見。

瞋行人著衣以性，太急太上，不周正不圓，不種種可愛，不可觀。

癡行人若著衣以性，多寬不周正不圓，非種種可愛可觀。

如是著衣可知。

問：云何以食可知？

答：欲行人樂肥甜，瞋恚行人樂酢，癡行人不定樂。

復次，欲行人，食時自量，相應中適取揣食，亦知氣味不速食，若得少味，成大歡喜。

瞋行人見食，多取揣食滿口食，若得少味，太瞋惱。

癡行人見食，不圓小揣食不中適，少取以食塗染其口，半揣入口，半墮盤器，亂心不思惟食。

如是以欲可知。

問：云何以事❺（可）知？

答：欲行人掃地，平身捉掃箒不駃。不知土沙，而能淸淨。瞋行人若掃地，急捉掃箒兩邊駃除去土沙，急聲，雖淨潔而不平等。愚癡行人若掃地，寬捉掃箒輾轉，看盡處處不淨，亦不平等。如是浣、染、縫等，一切事平等作不與心。是欲（行）人、瞋行人於一切事不平等作不與心。癡行人亂心多作不成。如是以事可知。

問：云何以臥坐？

答：欲行人眠不駃，眠先拼❻擋臥處令周正平等，安隱置身屈臂眠，夜中有喚即起，如有疑即答。瞋行人若眠駃，隨得所安置，身、面、目頻蹙。於夜若有人喚，即起瞋答。

癡（行）人若眠臥處不周正，放手腳覆身而臥。夜中若有人喚，應聲噫噫，久時方答。

如是以臥可知。

注釋

❶**阿闍梨**：梵文Ācarya，亦譯阿舍梨、阿祇利，略譯闍梨，意譯軌範師、正行等，即導師。

❷**癡**：梵文Moha或Mūḍha之義譯。佛教所說的三毒之一，謂愚昧無知，不明事理。

❸**等分**：即等分別。

❹**慢**：梵文Māna之義譯，意謂傲慢自負。佛教有多種慢之說，一般多爲七慢或九慢。

❺事，疑爲「業」。

❻拼，其他經本作「併」。

分別行處品第七

譯文

這時指導教師要觀察弟子的所有行爲，然後再決定授教三十八種修觀之對象，教示其行爲與導師所授的兩相吻合，既要掌握實踐，亦要懂得理論，二者互相結合相應。

問：三十八種觀行處有哪些內容？

答：它包括了四種大類。第一種是十個一切入：地、水、火、風、青色、黃色、赤色、白色、空處、識處。它們都是依心（意識）所攝入。

第二種是不潔淨想：膨脹想、青瘀想、爛想、棄擲想、鳥獸食噉想、身肉分張想、斬斫離散想、赤血塗染想、蟲臭想、骨想。它們皆爲觀想方法。

第三種是十念：念佛、念法、念僧、念戒、念施、念天、念死、念身、念數息、念寂寂。它們是訓練思惟的方法。

第四種是慈、悲、喜、捨四無量心、觀四大、食不淨想、無所有處、非非想處。它們是心理變化、思惟方式和禪定境界的表現。

三十八行處在這裏敍說完畢。

原典

爾時，依止師觀其所行，授三十八行。當復教示令二行❶相應。

問：云何三十八行處？

答：謂十一切入，地、水、火、風、青、黃、赤、白、空處、識處一切入。

又十不淨想，膖脹想、青淤想、爛想、棄擲想、鳥獸食噉想、身肉分張想、斬斫離散想、赤血塗染想、虫臭想、骨想。

又十念，念佛、念法、念僧、念戒、念施❷、念天、念死、念身、念數息、念寂寂。

又四無量心，慈、悲、喜、捨❸，觀四大❹、食不淨想、無所有處、非非想處。斯謂三十八行處。

注釋

❶**二行**：師行與三十八行二種行類。

❷**施**：布施或施與。

❸**捨**：對衆生無憎無愛，一視同仁，平等對待。

❹**四大**：謂地、水、火、風四種元素。印度人認爲此四種物質是構成世界的基礎。

譯文

問：勝是什麼意思？

答：地、水、火、風、青色、白色、赤色、黃色之八個一切入和空無邊處定、識無邊處定、無所有處定和非想非非想處定之四無色定都稱爲「勝眞實事」，即最眞實的事，所以「勝」是最眞實的意思。

以地、水、火、風、青色、黃色、赤色、白色八個一切入是名「定勝」，即「勝」是最好的禪定活動。

行者在禪定活動中進入了第四禪境界，得到「勝地」，故「勝」代表了禪定較高層次的境界。

行者坐禪獲得四無色定的成就，是名「成勝」，因此「勝」也就具有「成就」的意義了。

坐禪時做十種不潔淨想和食（物）不淨想的思惟活動，是名「想勝」，於是「勝」又有了最好的思惟之涵義。

以色、以形體、以空無、以空間、以分別、以和合、以執著、以不潔淨的活動、以念佛、念法、念僧、念戒、念施、念天、念死、念身、念數息、念寂寂之十念處等各種念想活動，是名「勝念」，也就是說它們是最好的念想。

感覺細微、隨念功德、慈、悲、喜、捨之四無量心都以沒有過錯和患失為「勝」，「勝」即是沒有過失之意了。

能領受信佛的益處、如實觀照四大（空義），即名「慧勝」，所以「勝」是一種佛教智慧的體現或表達。

以執著於萬物空性的基本認識，也就了解了「勝」的特徵，「勝」亦就是空。

原典

問：云何爲勝❶？

答：八一切入❷、四無色定❸是名勝眞實事故。

以八一切入是名定勝故。

彼第四禪得勝地故。

四無色定成勝。

十不淨想❹及食不淨想❺是名想勝。

以色、以形、以空、以方，以分別、以和合、以執著故、以不淨事故、以十念處❻，是名勝念。

微細故、隨念故、四無量心❼以無過爲勝。

受饒益故、觀四大，是名慧勝。

以執著空故，如是以勝可知。

注釋

❶**勝**：佛教中通常將最高境界和事務最好結果，指稱爲「勝」。

❷**八一切入**：謂三十八行中的地、水、火、風、青、黃、赤、白八行。

❸**四無色定**：梵文Caturarūpasamādhi之義譯，指「空無邊處定、識無邊處定、無所有處定、非想非非想處定」之四種定，亦名「四空定」。它們是在修禪過程中所達到的一種精神境界。並在四禪之後而得到的。

❹**十不淨想**：亦稱「十不淨觀」。指行者坐禪時，所使用的一種思惟或觀想方式，以此來訓練思惟活動，幫助入定或抑動。通常是用十種不潔淨物質作觀想，使人心裏感到反感或噁心，進而否定自我，進入無我境界。參見前節三十八行原典。

❺**食不淨想**：三十八行之一。指通過觀想不潔淨的食物後，而取得正確的佛教智慧。

❻**十念處**：行者坐禪時，念想十種與佛教有關的事物，亦是幫助入定和取得佛教智慧的主要方法之一。具體內容請參見三十八行。

❼**四無量心**：佛教徒所具有的四種正確心態——慈、悲、喜、捨。

譯文

問：爲什麼要以地來觀察或了解？

答：十不潔淨想和念身、食不淨想等，此十二種行處都不能令人生於天上。此十二種再加上數息念共十三種行處不生於色界。此外，除了空無邊處、識無邊處、無所有處、非想非非想處之四種在無色界處產生之外，其餘三十四種行處都不在無色界中現起。

以上就是以地來觀察或了解。

原典

問：云何以地？

答：十二行處，不生於天上，謂十不淨及念身、食不淨想。又十三處不生於色有，初十二及數息念❶不生色有。除四無色處，餘行處不生於無色有。

如是以地可知。

注釋

❶**數息念**：行者坐禪時所實行的一種專注出入息的方法。後面將有專文介紹這方面的內容，此處不贅注。

譯文

問：怎樣以人來觀察或了解？

答：欲行人不應修行四無量心，因爲這些是潔淨相的緣故。

問：爲什麼？

答：欲行人作意潔淨想的話，並非對其是有利益的行爲。好比患痰多的病人，多食肥腴的食物，對他是不適宜的，只會延誤病情。

瞋行人則不宜修行十不淨想的行爲，因爲他有瞋恚想的緣故。所以用瞋恚作意，並非是他所應做的修行。猶如患膽病的人吃沸騰滾熱的食品，這自然是他所不宜做的事情。

癡行人還沒有增長智慧，故不應該讓他生起修行處，因爲這遠離了方便處，不能做到隨機施設。若離開了方便法，即便是他精進修持，亦不會得到滿意的結果或正果，猶如人在騎象，手中卻沒有駕馭象的鉤子。

所以，欲行人應當修習不淨想及觀身法門，這是對治欲的最好方法。

瞋行人應當修習四無量心，這是對治瞋的最好行爲。或者修習色（物質、存在）一切入，讓他的思惟訓練更加活絡，認識能隨物遷轉。

信行人應當修習念佛、念法、念僧、念戒、念施、念天等六種念處的活動，其中念佛爲初時增強信心，專注一處的方法。

意行人應當修習觀想地、水、火、風四大，對於食物要做不淨想、念死、念寂寂等。其次，意行人可以修習一切行處。

覺行人當修習數息，以此離覺。

癡行人應以言語來詢問佛法，時時聽聞佛法，戒愼奉持佛法，與師父住在一起，使自己的智慧得以增長。行者於三十八行處都能隨樂時，那麼以修習念死及觀想四大爲最好的方法。

最後，我認爲各行處各有其優點。欲行人、瞋行人、癡行人、信行人、覺行人、意行人之六種人是按不同的情況而說「六」，實際上，不外乎是欲、瞋、癡三種人而已。

原典

問：云何以人？

答：欲行人四無量不應修行，以淨相故。

何以故？

欲行人作意淨想，非其所行。如痰病人多食肥腴❶，非其所宜。

瞋行人十不淨想，不應修行，瞋恚想故。瞋恚作意，非其所行。如瞻病❷人飲食沸熱，非其所宜。

癡行人未增長智，不應令起修行處，離方便故。若離方便，其精進無果。如人騎象無鉤❸。

欲行人應修不淨想及觀身，是其欲對治故。

瞋行人應修四無量心，是瞋對治故。或當修色一切入，心隨逐故。

信行人當修六念處❹，念佛爲初信定故。

意行人當修觀四大、於❺食不淨想、念死、念寂寂深處故。復次，意行人於一切行處無所妨礙。

覺行人當修念數息，以斷覺故。

癡行人以言問法、以時聞法、以恭敬法，與師共住令智增長。於三十八行隨其所樂，應當修念死及觀四大最勝。

復說於分別行處，我見❻彼勝。六人❼於所分別，略而爲二。

注釋

❶胦，其他經本作「腴」。

❷瞻病，其他經本作「病痰」。疑應爲「膽病」。

❸鉤，通「鈎」。

❹**六念處**：念佛、念法、念僧、念戒、念施、念天。

❺於，疑應爲「與」。

❻見：見解。

❼六人：欲行人、瞋行人、癡行人、信行人、意行人、覺行人之六種人。

譯文

問：行者最初修行時有妨礙嗎？

答：欲行人有二種，謂鈍根人和利根人。鈍根的欲行人，要修習不淨觀想，此爲他的欲行對治方法，若是依照了教法從事修習，可以獲得去除欲望的功德。利根的欲行人，最初應該增長信心，當修習四念處，依照教法修行，可獲得消除欲望的功德。

瞋行人有二種，係鈍根人和利根人也。鈍根瞋恚行人要修習四無量心，以對治其瞋恚，按照教法修習，可獲得消除瞋恚之功德。利根的瞋恚行者，以智慧的增長爲修行的最好結果，按教法修行，即可獲得消除瞋恚的功德。

癡行人有二種，指無根人和鈍根人。無根癡行人沒有成佛的種子，故根本不用教其修行活動。鈍根癡行人要除覺，所以應教數息。

於是概括地說，上述六種不同根機之人可以簡略表示，唯有欲、瞋、癡三種人，所以他們沒有什麼大的妨礙。一切入和數息，都可以增長空慧，不妨礙成就一切行（三十八行處）。如果已得到最好功德，則能勝過一切行處，自然不成問題，而無任何妨礙。

原典

問：若然於初有妨？

答：二欲行人，謂鈍根、利根。爲鈍根欲人，修不淨觀，爲其欲對治，是所應教行，修得除欲。利根欲人，初信增長，當修念處，是所應教行，修得除欲。二瞋行人，謂鈍根、利根。爲鈍根瞋恚行人，修四無量，是其瞋恚對治，是所應教行，修得除瞋。利根瞋恚行人，以智增長修行勝處，是所教修得除瞋。二癡行人，謂無根、鈍根。爲無根癡行人，不應教修行處。爲鈍根癡行人，爲除覺應教修念數息。

如是以略，唯成三人，是故無妨。於是法一切入及數息，以空增長，無妨成一切行。若已得勝功德，勝一切行所行之處，故成不妨。

4 卷四

行門品第八之一

譯文

問：什麼是地一切入？如何修？有什麼特徵？什麼作用？什麼近因？……怎麼作曼陀羅法？又如何修地法？

答：心把地作爲思惟的對象，由此生起禪思，此謂地一切入。心定不亂、長時安住是名爲修習，善於以樂心執著於地之觀想是其特徵，有起不放棄之作用，思想上無其他任何雜念爲近因。……

坐禪者端坐平正身體，閉上眼睛稍許，內心起意禪定的念頭，如此消除身體與思想的煩躁不安，把全部注意力均集中於此，專心專注只成一念。然後，稍許開眼，思想放鬆，讓心中彷彿觀想曼陀羅相。坐禪人心中出現觀想曼陀羅形，於是以等觀、方便、雜亂三種方法來作意取相思惟。

問：等觀是什麼意思？

答：坐禪人現在觀想曼陀羅形，既不用大開眼，也不用全閉眼觀想，應當如是觀想。

爲什麼？

如果睜開眼睛，雙眼必定疲倦，而曼陀羅的自性是自我現場顯現，其眼既倦，曼陀羅自性相自不待起。如果雙眼緊閉，顯現曼陀羅性相模糊，闇然無光，自然亦不能如實觀想曼陀羅相，於是生起懈怠之心，不精進修行。所以應遠離大開眼和大閉眼，唯有專心致志，集中精力，安住曼陀羅相，此爲內心當住，如實當觀。正如人通過鏡子照現其臉相貌，依鏡見面，臉從鏡子中生出。

坐禪人觀想曼陀羅，見其定住相而依此生起，是故當用此種觀法，等觀取相，爲此引起心住集中，這就是以等觀取相。

問：方便是什麼意思？

答：有四作意方便。一是內隔，二爲滿方，三轉，四遍滿。若見取相散亂無章，就應立即作意作內隔相。若見小相，或見半曼陀羅相，就應作滿曼陀羅相，並依此作意。若心散亂和心中懈怠懶散，就應該策勵學習，如陶工做陶器時所使用的胎具，數次旋轉切圓。當時若能住心觀想，是時現見曼陀羅形，而當所觀想的曼陀羅形遍滿無缺時，應當觀想「捨失」。如是以上種種表現都是方便開示，這是方便的意思。

問：離亂是什麼意思？

答：離亂亦有四種。一是用最快的速度作精進，二是用最慢的速度作精進，三最高，四最下。

問：什麼是速作精進？

答：不看待時節，急於求成，於是從早到晚都在習禪，從不放鬆一下，到最後精神緊張，身體疲勞，這就是速作精進。

問：什麼是遲作精進？

答：離開了作意方便，習禪中雖然現見曼陀羅形，卻不恭敬作意取相，於是心中數次生滅。如果急速精進，則禪者身心變得懶散、退轉，心往外攀緣，起各種雜念紊亂。如果遲遲作精進，則禪者身心變得懶散懈怠，經常墮入睡眠昏沉之狀態。

最高者，指的是禪者已經入定之心重新退卻，再次生起紊亂戲動，不樂行處。若不樂，墮回最初的戲笑言語，以此看到是由欲望之心而成最高。其次，如果得諸相行，是由喜、樂、欲心而成最高。

最下者，指因定力退轉調舉散亂，於是不樂行處，若不樂回轉到最初修行之初，即是瞋生起的地方，由瞋恚之心而成最下。其次，長久地厭倦了覺觀，於是從已獲得的較高的殊勝之心又退落，由此以憂受之心再成最下。

如是坐禪人，若是已定之心迅速退轉，墮回調亂之處，要以念根和定根來攝伏，令其捨去調亂。如果已定之心迅速進展，至墮回懶散處，要以念根、精進根來攝伏，令心捨去懈怠懶散之習。如果獲最高心者又退轉到欲處，就要立刻知道令其捨欲。如果為最下心者再退轉墮於瞋恚處，就要立刻知道令其捨瞋恚。這就是在調處、懶處、欲處、瞋恚處等四處成就清淨之心，專注一心。這就是明瞭因等觀、方便、離亂三種方法而生定心，形成隨意可見曼陀羅形。

如果坐禪者專注一心想取得成就，心中生起名相（映像）可分二種：即「取相」和「彼分相」。

問：「取相」是怎麼回事？

答：坐禪之人以心不散亂，現觀曼陀羅形，又依從曼陀羅而生起各種思想。像在虛空見到曼陀羅，或遠或近，或左或右，或大或小，或醜或好，或多或少。不用眼觀察曼陀羅，心中作意生起相，這種方法就稱之爲「取相」。

多次反復取相，就可以生起「彼分相」。所謂「彼分相」者，即指禪者只要作意，所要取之相就能馬上隨著思惟即刻顯現，而不是非要在見曼陀羅之後，再生取相的心念。只要閉眼作意，即可現起彼相，如作遠意，遠相之見即刻現前，其他的近、左、右、前、後、內、外、上、下等種種相也是如此。所以，只要禪者作意，心即相隨現起，這就是「彼分相」。

如果坐禪者能夠使相隨心而顯，就可以獲得「禪外行」。如果外行隨心生起，就可以得「安」。

原典

問：云何地一切入？何修？何相？何味？何處？……云何作曼陀羅法？何修地法

？

答：是心依地相生，此謂地一切入。心不亂住是名爲修，善樂著地想爲相，不捨爲味；意無異念爲處。……

令身平正，內心起念閉眼小時，除身心亂，攝一切心成一。心小開眼，髣髴令觀曼陀羅❶。彼坐禪人現觀曼陀羅形，以三行取相，以等觀、以方便、以離亂。

問：云何以等觀？

答：坐禪人現觀曼陀羅，非大開眼，非大閉眼，如是當觀。

何以故？

若大開眼其眼成惓，曼陀羅自性現見自性，彼分想不起。若最閉眼見曼陀羅成闇，亦不見彼相便生懈怠，是故應離大開眼大閉眼，唯專心住曼陀羅，爲心住故當觀。

如人映鏡見其面像，依鏡見面，面從鏡生。

彼坐禪人觀曼陀羅，見其定相依曼陀羅起，是故當觀、等觀取相，爲心住故，如是以等觀取相。

問：云何以方便？

答：謂四作意方便。一謂內隔，二滿方，三轉，四遍滿。是時見相出散無隔，是時當作內隔作意。是時見小相，或見半曼陀羅，是時作令滿曼陀羅已，方滿令作意。是時心散亂及心懈懶，是時應當策課如陶家輪❷。是時若心得住，是時令見曼陀羅，遍滿無虧當觀捨，如是以方便可知。

問：云何以離亂？

答：離亂有四種：一最速作精進，二最遲作精進，三最高，四最下。

問：云何速作精進？

答：謂急疾作意不待時節，早坐晚罷乃至身疲，是謂速作。

問：云何遲作精進？

答：謂離作意方便，雖見曼陀羅，不恭敬作意，數起數眠。若速作精進，則成身懶心退，心出外緣起諸調戲。若遲作精進，身心成懶懈怠，起諸睡眠。最高者，其心退起諸調亂，於所行處成不樂。若不樂於初戲笑言語，以由欲心成高。復次，若得諸相行，由喜樂欲心成高。

最下者，退調緣故，於業處成不樂，若不樂於初行處，所作嗔處，由嗔恚心成下。復次，久惓覺觀，從勝退落其心，由憂受心成下。

是坐禪人，若心速作退墮調處，以念根、定根攝伏令捨調。若心進作退墮懶處，以念根、精進根攝伏令捨懈懶。若高心者退墮欲處，成現知令捨欲。若下心者退墮於嗔恚，成現知令捨瞋恚。於此四處成清淨心，成專一心。此明因三行定心成隨意得見曼陀羅形。

若專一心想成，起名相者有二種，謂取相、彼分相。

問：云何名取相？

答：若坐禪人以不散心現觀曼陀羅，從曼陀羅起想，如虛空所見，或時遠或時近，或時左，或時右，或時大，或時小，或時醜，或時好，或時多，或時少。不以眼觀曼陀羅，以作意方便取相起，是名取相。

從彼作多故，彼分相起。名彼分相者，若作意時隨心即現，非見曼陀羅後生心念，但作心閉眼如先所觀，若遠作意亦即遠見，若近左右前後，內外上下亦復如是。隨心即現，此謂彼分相。

若相隨心得禪外行。若外行從心者，由是得安。

注釋

❶**曼陀羅**：梵文Maṇḍala之音譯，義譯壇場。爲坐禪時禪者用來幫助入定之取意的對象，多用一圓或裏面畫上佛像來表示，禪者對此凝視觀想，心中充滿此景。故又稱輪圓具足或聚集。

❷**陶家輪**：指做陶器時，陶工使用切圓的旋轉輪具。此喻人修心需經數次磨練。

譯文

問：什麼是禪外行？

答：諸事能夠順從坐禪者之心，作意不亂，諸蓋也已被折伏，但是還未修習至覺、觀、喜、樂、一心及信、進、念、定、慧等五根，即便有了定力，但還是屢屢生起念頭，稱爲「禪外行」。

安者，係指坐禪者在禪外行的基礎上，進一步深入修習，增長修行力，於是不管碰到何種事或干擾，心中都能生起覺、觀、喜、樂、一心及信、進、念、定、慧等五根，稱爲「安」。

問：「外行」與「安」，兩者有何差別？

答：若是折伏了五蓋，稱爲禪外行。因爲折伏了五蓋，故能「安」。所以「禪外行」是取得殊勝定力的基礎和條件，「安」是得到了殊勝之定。

原典

問：云何禪外行？

答：此事從心，作意不亂，以伏諸蓋，但未修行覺、觀、喜、樂、一心及信等五根，雖得定力念念猶起，是禪外行。

安者，從此外行是法由心得修行力，是覺、信等法於事不動，是名爲安。

問：外行及安，有何差別？

答：若伏五蓋是其外行，以伏此五故成安。以禪外行得勝定，若得勝定是名爲安。

譯文

問：什麼是覺？

答：覺指種種有感覺或依賴的思惟能力，用來安心思想。心不受覺感知就進入了正思惟（正確地思考佛理），這就是覺。這種覺成就了，即進入初禪。其次，坐禪者取地爲相，心中攝一切入地相，再依地相在心中刹那演成地覺思惟，這還是覺，正如心中默誦經教一樣，集中注意力，生起覺思惟。

問：覺以何種方式思惟，有何作用？何時生起？什麼是覺的近因？

答：覺以想爲思惟方式，在修習過程中以猗（輕安）想爲作用，心作意念而生起，想是其近因。

問：什麼是觀？

答：觀指種種觀察或觀想的判斷思惟活動。坐禪者修觀時，隨著觀想思惟的變化，產生了各種判斷思惟，於是有所選擇，使之心住安穩，起平等心，這就是「觀」。與此相應而出現了初禪有觀之境界。其次，禪者依地修行入地一切入，而得定入，再從修地相心（思惟）來觀想，如果觀想到種種義理，這就是觀。

問：觀有何方式？有何作用？何時生起？什麼是觀的近因？

答：觀者，依觀而起隨機選擇判斷的方式。隨觀使其心生猗（輕安）力是作用；因觀隨處可以見到覺是近因。

問：覺與觀兩者有何差別？

答：兩者的差別，猶如打鈴。當鈴響了以後，開始出現的聲音是覺，接後再續的聲音是觀（即禪者聽到鈴聲是覺，在心裏得到反映和下判斷的鈴聲是觀）。其次如心緣生萬物，開始為覺，緣和生起之後為觀。又為求禪境的活動是覺，得禪境守護是觀。再次，憶念是覺，不放棄是觀。粗糙的思惟是覺，細緻的思惟是觀。如果有覺之處，其處必有觀。如果有觀之處，其處或有覺，或者無覺。正如佛教三藏所說，最初能夠安下心，從事禪的活動是覺，獲得覺，然未定（心）則是觀。又如看到遠處的人，不知是男或是女，以及知道是男或女，具有如此的色或形，這就是覺。在此基礎上，判明是人或有戒，或無戒，是富貴人，還是貧賤人，這就是觀。

覺者，旨在求引將來；觀者，利於成就守持隨行追逐。正如鳥凌空奮力展翅是覺，在空中任意遨遊或停留是觀，最初教習爲覺，教習久了爲觀，覺是守護此心，觀是搜索選擇。覺是思惟，觀是隨順思惟，覺不生念惡法，觀受持於禪定。又如有人著力默誦佛經，隨即得到的體會是觀。還如因覺所感覺，有了覺已經具備了知（了解）。觀察辭辯及樂說辯別是覺；依義的辯別、依佛法的辯別就是觀。心裏生起悟解是覺，起到判斷分別是觀。以上就是覺與觀之差別所在。

達到寂靜空滅的境界，稱爲寂寂；即離開了五蓋就是寂寂。其次，色界之善根、初禪外行、以及禪心，都是從寂寂之心而生起，如是因寂寂而取得了成就。正如地下積水濺起水花，是名地水花。

喜樂者，內心當時充滿極大歡喜，戲諧笑顏，於是心裏充滿，不起躁熱，而獲清涼之感覺，就是喜。

問：喜有何形相？何種作用？何時生起？什麼是喜的近因？喜有幾種形式？

答：喜有心懷滿欣悅的形相，起到歡快舒適的作用，生起調伏紊亂之心，踴躍是喜的近因。

問：喜有幾種形式？

答：有六種喜的形式，即從欲生、從信生、從不悔生、從寂寂生、從定生以及從菩提分生六種。

問：爲何從欲生喜？

答：因貪欲染汚，執著於心而生喜，是名從欲生喜。

問：爲何從信生喜？

答：堅定信念或信心之人心中生喜。拜見製陶師（案指能夠指導他人的導師或親教師）等人，弟子生喜，此謂從信生喜。

問：爲何從不悔生喜？

答：持戒不犯的人，心中多生歡喜。

問：爲何從寂寂生喜？

答：坐禪者已經獲得了初禪而生喜，此謂從寂寂生喜。

問：爲何從定生喜？

答：由初禪進入了二禪境界而生喜，此謂從定生喜。

問：爲何從菩提分生喜？

答：菩提分指依靠菩提（即覺悟）的力量，心中獲得一種圓滿之感覺。它包括四念處、四正勤、四神足、五根、五力、七覺支、八正道等三十七種。坐禪者在第二禪處生喜之後，繼續精進努力，依三十七菩提分，修習遠離世間道法而生喜，是謂從菩提分生喜。

其次，再說另外五種喜，即笑喜、念念喜、流喜、越喜、滿喜。

笑喜者，有如霏霏細雨灑在身上，令人毫毛豎立，寒冷發抖。

念念喜者，不停地產生和消滅，輪迴不止，如夜深人靜，窗外雨水淅淅瀝瀝滴個不停。

流喜者，如油長期向下流灌，始終在身上停不住，而不能流遍全身。

越喜者，初見周圍的一切，心中充滿歡喜，然不能持久，很快便失去，如貧苦之人探見潛藏的寶藏，然卻不能持久。

滿喜者，全身充滿喜，如夏日雷聲陣陣，滂沱大雨隨後而至，痛快淋漓。

由上可以得知，笑喜和念念喜是以信生起於禪外行。

流喜以力量促成禪外行。

越喜者，心中出現曼陀羅形，有正的，也有不正的，處處皆可生起。

滿喜者，則生起於安處。

問：什麼是樂？

答：禪者修行時，到時體會到心中有樂趣，這是由心裏碰到的、並出現的一種現象，此謂爲樂。

問：樂有何形狀？何種作用？何處生起？什麼是樂近因？有幾種樂？喜與樂有什麼差別？

答：以樂之作用爲形相，緣取愛的境界是樂的作用，樂起於攝受，猗（輕安）樂是其近因。

問：有幾種樂？

答：樂有五種：因樂、資具樂、寂寂樂、無煩惱樂、受樂。

問：什麼是因樂？

答：如佛陀所說的，修行者因持戒所獲得的樂可以持久，長期不消失，稱爲因樂，這是樂的功德。

資具樂者，亦如世尊所言，有佛在世的時代是一種樂。

寂寂樂者，指生起定心、平等心，寂滅禪定。

無煩惱樂者，如佛所說是第一涅槃，即擺脫了生死煩惱和不再輪迴於世的最高境界。

受樂，在本書中所講的就是「可樂」。

問：喜與樂有何差別？

答：心裏泛起踴躍的是喜，心裏感到平坦柔軟的是樂。心裏有猗（輕安）是樂，心裏安定是喜。喜是粗糙的感受，樂是細膩之刻畫。在五陰中，喜屬於行陰，樂屬於受陰。有喜必有樂，有樂則有時有喜有時無喜。喜指的是形，樂指的是心。禪外行成就，接著初禪境界，所謂覺、觀、喜、樂、一心。

原典

云何爲覺？

謂種種覺思惟、安思想。心不覺知入正思惟，此謂爲覺，此覺成就初禪有覺。復

次，入地一切入，依地相無間成覺思惟，是名爲覺，如心誦經。

問：覺者，何想？何味？何起？何處？

答：覺者，修猗想爲味，下心作念爲起，想爲行處。

云何爲觀？

於修觀時隨觀所擇，心住隨捨，是謂爲觀。以此相應成初禪有觀。復次，入地一切入、定入，從修地相心之所觀，如觀諸義爲觀。

問：觀何相？何味？何起？何處？

答：觀者隨擇是相，令心猗是味，隨見覺是處。

問：覺、觀何差別？

答：猶如打鈴，初聲爲覺，後聲爲觀。復次，如心所緣，初爲覺，後爲觀。復次，求禪爲覺，守護爲觀。復次，憶是覺，不捨是觀。復次，麁心受持爲覺，細心受持爲觀。若處有覺，是處有觀；若處有觀，於處或有覺，或無覺。如三藏所說，初安心於事是覺，得覺未定是觀。如遠見來人不識男女，及識男女，如是色如是形爲覺。從此當觀，有戒無戒、富貧貴賤爲觀。

覺者，求引將來；觀者，守持隨逐。如鳥陵虛奮翅爲覺，遊住爲觀。初教爲覺，久教爲觀，以覺守護，以觀搜擇。以覺思惟，以觀隨思惟。覺行不念惡法，觀行受持於禪。如人有力默而誦經隨念其義是觀，如覺所覺，覺已能知。觀於辭辯及樂說辯是覺，義辯、法辯是觀。心解於勝是覺，心解分別是觀，是爲覺觀差別。寂❶寂所成，名寂寂者，謂離五蓋是名寂寂。復次，色界善根，復說初禪外行❷，復說禪心，從此心生是謂寂寂所成，如地水生花名地水花。喜樂者，心於是時大歡喜戲笑，心滿清涼，此名爲喜。

問：喜何相？何味？何起？何處？幾種喜？

答：喜者謂欣悅遍滿爲相，歡適爲味，調伏亂心是起，踊躍是處。

幾種喜？

六種喜。從欲生、從信生、從不悔生、從寂寂生、從定生及菩提分❸生喜。

云何從欲生？

貪欲染著心喜，是名欲生喜。

云何從信生？

多信人心喜及見陶師❹等生喜。

云何從不悔生喜？

清淨持戒人多生歡喜。

云何從寂寂生？

入初禪人喜。

云何從定生？

入二禪生喜。

云何菩提分生喜？

於第二禪修出世間道喜。

復次，說喜五種，謂笑喜、念念喜、流喜、越喜、滿喜。

笑喜者，如細雨沾身，令毛皆竪。

念念喜者，生滅不住，如夜時雨。

流喜者，如油下流久灌，其身終不周遍。

越喜者，周匝一切心生歡喜，不久便失，如貧人見伏藏❺。

滿喜者，身住用滿，如雷有雨。
於是笑喜及念念喜，以信起於外行❻。
流喜者，有力起於外行。
越喜者，於曼陀羅正與不正皆起，處處方便。
滿喜者，生於安處。
問：云何爲樂？
答：是時可受心樂，心觸所成，此謂爲樂。
問：樂何相？何味？何起？何處？幾種樂？喜、樂何差別？
答：味爲相，緣愛❼境是愛味，攝受是起，其猗是處。
幾種樂者？
有五種，謂因樂、資具樂、寂寂樂、無煩惱樂、受樂。
云何名因樂？
如佛所說，戒樂耐老，此謂因樂，是樂功德。
資具樂者，如佛所說，佛生世樂。

寂寂樂者，謂生定捨及滅禪定。

無煩惱樂者，如佛所說，第一涅槃❽受樂，所謂受樂也。於此論中，受樂是可樂。

喜、樂何差別者？

心踊躍是喜，心柔軟是樂；心猗是樂，心定是喜。麁喜細樂，喜行陰❾所攝，樂受陰❿所攝，是處有喜有樂，是處有樂或有喜、或無喜。初者形，第二爲名。外行成就入初禪枝，謂覺、觀、喜、樂、一心也。

注釋

❶**寂**：與空義同，此處指禪定境界，十念處之一。

❷**禪外行**：謂禪思生起前的狀態。見前段引文。

❸**菩提分**：謂依菩提（即覺悟）的力量，而獲得了一種圓滿的狀態。有三十七種，即四念處、四正勤、四神足、五根、五力、七覺支、八支聖道，統稱「三十七菩提分」。

❹**陶師**：做陶器的師父，參見前「陶家輪」條。

❺**伏藏**：埋藏起來的寶藏，此處指開發人內潛藏的有益於佛教之意識。

❻**外行**：指禪外行。

❼**愛**：即喜歡或喜愛。

❽**第一涅槃**：指無餘涅槃。

❾**行陰**：五陰之一。除色、受、想、識外之一切有爲法，亦即意志與心之作用。

❿**受陰**：五陰之一。苦、樂、捨、眼觸等所生之諸受。

譯文

問：執相是什麼？

答：覺是隨順某個所緣相而自心得自安，觀是隨持於心；覺、觀不相混雜，起於方便法門。若是方便具足，則樂生起。再起方便隨意圓滿，增長喜心，樂心自然圓滿，故覺、觀、喜、樂四種功德心，使心不亂，心不亂必然生定，這就是執相。

其次，諸蓋對治有五種，即初蓋（貪欲）以初禪對治，以此類推，到了五蓋（疑）則以五禪來對治。覺是初禪的殊勝的（五枝中）一枝，由覺來消除欲望。如果由覺進入禪定，其他（五枝中）剩餘的四枝也前後生起。在五枝，第二禪一開始就生起觀，第三禪一開始就生起喜，第四禪一開始就生起樂，第五禪一開始就生起一心，如是以每種殊勝枝順序成爲五種對治方式。

再說對治五蓋的五種方式。如精通三藏師所說，一心用來對治淫欲，歡喜用來對治瞋恚，覺是用來對治懈怠睡眠，樂是用來對治調悔，觀是用來對治疑。以上就是以蓋一一對治，而成五種。

如佛陀教導諸比丘，像勤浴師，與勤浴師之弟子，以上好的銅盤盛裝豆米碎屑，再以水來攪和，使其成爲丸團，使丸內外受水浸潤，粘住不散。如是比丘得身心寂寂，再生喜樂，似水澆灌全身濕遍，無所不在。又如以寂寂而生喜樂，全部身心無不充滿，是故勤浴師、浴師的弟子、坐禪人等皆無不如此。如果知道以銅盤攝入一切相之譬喻，就可以了解禪者心理變化的過程。

問：哪些相是一切入呢？

答：猶如銅盤盛裝碎屑和水的表面處，堅實細密，光潔照人，善於將周圍一切東西攝入盤底，留住映像，於是禪者心裏成就堅實，即爲生喜，成就細密光潔，即爲清淨。這是由心（泛指一切精神現象）和心數（由心指揮後出現的心理活動和精神現象）法的活動而取得的。以上即說銅盤等一切入相。

心和心數法如盤中浴屑和水，於是可知如上。

問：爲什麼浴屑與水等於心、心數法之性質？

答：例如粗粒的豆米屑，它們既不和合，就會被風吹得到處飛散，心、心數法的性質亦是如此，離開了喜樂即成粗，離開了定不和合，結果只能受五蓋之風的影響，與其共飛合流。這就是浴屑等於心、心數法性。

問：水的作用該怎樣解釋？

答：喜樂定同水的性質一樣。水使浴屑變得濕軟，於是才可以捏成丸團。如是，喜樂亦使心、心數法之活動因柔性而得定，此爲水等於喜樂定。

如果讓水起攪拌作用，生成丸團相，於是由此可知覺、觀等事。

問：怎樣看待丸？

答：覺、觀如同水攪生出相。以浴屑置於銅盤裏面，澆上水，再攪拌，然後用手將浴屑泥揑成丸。如果能夠成丸，說明各種浴屑和合，粘在一起，故成丸，放置於銅盤中，也不會散失。依此可知，坐禪人的心、心數法活動係儲存在禪定中，方生起寂寂。人處初禪，以喜樂爲水，以覺觀爲手，攪拌作丸，能生起寂寂，促成心、心數法之相。喜樂相伴和合隨成一丸，利於禪心不會散亂。對禪定活動而言，於是丸與覺觀相提並論，正如浴屑因水力的作用，全部浸濕，亦不散失。如是坐禪人，獲初禪於全身上下，從頭到脚，再從脚至骨頭，乃至皮膚頭髮各處，均充滿了喜樂，而且駐佇於身不再退轉，亦就到達了梵天的境界。

問：喜樂是非色（物質）法，沒有相應的體相，怎麼能遍布全身呢？

答：「名」（精神）者要依賴於「色」而現起，「色」要依賴於「名」和「色」二部分構成，所以「名」已經有了喜，那麼「色」必定亦會有喜。同樣可知，「名」已經有了樂，「色」亦必定會有樂。其次，「色」因生樂，於是使禪者全身有了一種輕安的感覺，成就一切身。此色輕安，亦就是無礙（不再有障礙），可使坐禪者有往生梵天之功德。

原典

問：云何爲執相？

答：覺者隨於事心而得自安，觀者隨於持心；覺、觀不雜起於方便。若方便具足樂生，若起方便具足得生，喜心增長，樂心成滿，以此四功德心成就不亂，若心不亂得定，是名執相。

復次，蓋對治故成五，初蓋對治初禪，乃至五蓋對治五禪。覺者初禪爲勝枝，以覺除欲。若覺入正定，餘枝亦起。觀者於五枝第二禪是初起，喜者於第三禪是初起，樂者於第四禪是初起。一心者於第五禪是初起，如是以勝枝成五。

復次，以五蓋對治成五。如三藏所說，一心是淫欲對治，歡喜是嗔恚對治，覺是懈怠眠對治，樂是調悔對治，觀是疑對治。以蓋從對治是故成五。

如佛世尊教諸比丘。如勤浴師，浴師弟子，以好銅槃❶盛豆米屑，以水和攪合而爲丸。浸潤內外相著不散。如是比丘身心寂寂，能生喜樂灌令遍濕，無所不著。如以寂寂所生喜樂，於其身心無不著處，是勤浴師及浴師弟子、坐禪之人，亦復如是。如是銅槃一切入相，如是可知。

問：一切入何等相耶？

答：如銅槃浴屑處堅細光焰，善取一切入相，成堅生喜，成細清淨故光焰。心、心數法❷以成事故，是謂銅槃等一切入相。

心、心數法如浴屑，如是可知。

問：云何浴屑等心、心數法性？

答：如麁浴屑，既不和合隨風飛散，如是心、心數法性，離喜樂成麁，離定不和合，與五蓋風共飛，此謂是浴屑等心、心數法性。

云何水等？

謂喜樂定如水，令浴屑濕軟為丸，如是喜樂令心、心數法濕軟為定，如是水等喜樂定。

如欲水攪令相著，如是覺觀可知。

問：云何丸等？

答：謂覺、觀如欲使。以浴屑置於銅槃中，以水撓攪，以手作丸，若作丸已，合諸濕屑，共作於丸，不令散失置銅槃中。如是坐禪人心、心數法貯於事中能生寂寂。初禪以喜樂爲水，以覺觀爲手，以攪作丸，能生寂寂，所成心、心數法。喜樂相隨成一丸，禪心不散亂。置於禪事，如是丸等覺觀，如浴屑內外遍濕相著不散。如是坐禪人，初禪於身上下，從頭至足，從足至髑髏，皮髮內外喜樂遍滿，住於不退，如是成住梵天。

問：名喜樂非色法，無有對相，何以遍住於身？

答：名者依色，色依名色，是故名已成喜，色亦成喜。若名已成樂，色亦成樂。復次，色從樂生，令身起猗，一切身成，彼色猗樂，是故無礙，令生梵天功德者。

注釋

❶槃，通「盤」。

❷**心、心數法**：謂心法、心數法二種。前者泛指一切精神現象。後者又稱心所法、心所有法，爲由心王所引發的心理活動和精神現象。爲心所有。小乘一切有部和大乘法相宗將此二法列爲「五位法」之一，南傳上座部通常列入「八十九心」的體系。

5卷五

行門品第八之二

譯文

此時，坐禪人因有樂生起，於是第二禪已得，在初禪基礎上身得自在的感覺。爲什麼？如果初禪中沒有得到身自在之感覺，雖然再做思惟，想除去覺和觀，但是所企望得到的第二禪，將會再度退去失掉，不能再起第二禪定境界，亦不能重新進入初禪。正如世尊爲衆比丘所作的山犢之譬喻。山犢愚癡，不知到哪裏去找可以得到飲食的地方，而且還未開始出門，就已經想到危險的遠處，於是心裏便起了念頭：「我今天一定要到往日未去過的地方，去吃未曾吃過的草，飲未曾喝過的水。」他走路時，前脚還沒有立穩，就馬上抬起後脚，結果蹉跎搖晃，身不安穩，始終未能向前邁進，是故最終也不能到他想去的地方，自然亦不能吃到嚮往的草和飲到想喝的水。於是，最

241

台北縣三重市三和路三段117號

佛光文化事業有限公司　收

姓名：

電話：（　）

地址：

市　縣　鄉鎮　市區

路（街）　段　巷　弄　號　樓

佛光文化讀者服務卡

感謝您購買佛光文化叢書！為了提供更好的服務，請您詳細填寫本卡各項資料，免貼郵票，寄回給我們，或傳真至(02) 2988-3534，我們將編輯更符合您閱讀的圖書，並以最新圖書資訊與您分享，同時可享受我們的各項優惠。

◆ 您的個人資料：

所購買的書名：＿＿＿＿＿＿＿＿＿＿＿＿＿＿

買的書店：＿＿＿＿市/縣＿＿＿＿＿＿書店

的性別：☐男 ☐女 生日：＿＿年＿＿月＿＿日

姻：☐已婚 ☐單身

歷：☐博士 ☐碩士 ☐大學 ☐大專 ☐高中 ☐國中以下

業：☐文化傳播 ☐金融業 ☐服務業 ☐製造業 ☐營建業 ☐資訊業

☐軍公教 ☐自由業 ☐無 ☐學生 ☐其他＿＿＿＿＿＿

位別：☐負責人 ☐高階主管 ☐中級主管

☐基層主管 ☐一般職員 ☐專業人員

通常以何種方式購書？

逛書店 ☐劃撥郵購 ☐電話訂購 ☐傳眞訂購

團體訂購 ☐銷售人員推薦 ☐信用卡 ☐其他＿＿＿＿＿＿

從何處得知本書消息？

逛書店 ☐報紙廣告 ☐書評 ☐親友介紹 ☐電視節目 ☐廣播節目

銷售人員推薦 ☐廣告信函(DM) ☐心靈導航書訊 ☐其他＿＿＿＿＿＿

惠賜對我們的建議：

《謝謝您的合作，祝您吉祥如意，福慧圓滿。》

後他只好這樣想了，「既然去不了啦，那麼，只好再去吃往日的草和水吧。」

如是比丘愚癡尚未通達，而不知所應修行之處，不了解要離欲的思惟。入於初禪，不修離欲法，不多學習，就輒自作念想，想入第二禪離開覺和觀，不理解而自安，實際終未能遂願。如是比丘再作思惟想，「既然我已不能得入第二禪了，亦不能離開覺和觀，那麼只好退入初禪吧，以便離欲。」

愚癡比丘與那隻山犢一樣，還沒走好就想跑了，因而不會取得成功。所以應該先修初禪，讓心得自在，不管是吃飯前還是吃飯後，傍晚還是後半夜，隨著心意能長久接近自在，隨意無礙地生起或進入觀。如果從短短的一時到長久的多時，觀多入多出，如是禪者成就初禪而得自在。禪者得自在樂，所生起的第二禪已經超越了初禪。於是再起思惟想，初禪粗，第二禪細，從初禪裏可見到過患，從第二禪裏可見到功德。

原典

爾時，坐禪人欲樂起第二禪已，於初禪身得自在。何以故？若於初禪未得自在，雖復思惟欲除覺觀，望得二禪還復退失，遂不堪起第二禪定，亦復不能入於初禪。

如世尊說爲諸比丘作山犢喩。山犢愚癡不知食處，未解行步，欲詣嶮遠，便自作念，我今當往未嘗至處，噉未嘗草，飲未嘗水。前足未立，復擧後脚，蹉搖不安，莫能前進，遂不得至未嘗至處，亦不得噉未嘗食草，及不得飲未嘗之水。更復思惟，既不能去，政❶當資❷昔飲食。

如是比丘愚癡未達，不知所行處，不解離欲。入於初禪，不修此法，不多學習，輒自作念，欲入第二禪離於覺觀，不解自安。復更思惟，我不能得入第二禪，離於覺觀，欲退入初禪離欲。

愚癡比丘如彼山犢不解行步，是故應修初禪令心得自在，於未食時及食後時，初夜、後夜隨心所樂，隨欲久近，隨意無礙，爲起入觀。若從一時乃至多時，多入多出；若從一時乃至多時，於彼初禪成得自在。得自在樂，起第二禪越於初禪。復更思惟，此初禪麁，第二禪細，於初禪見有過患，於二禪見有功德。

注釋

❶政，同「正」。

❷資：資助或幫助。

譯文

問：什麼是二禪的過患？

答：是說毘近覺和觀為定的怨敵，與喜相應充滿，所形成的是粗禪，喜心充滿，則心裏歡慶踴躍，是故其餘禪枝就不會生起。但是，如果只執著於喜，那就是過失，若是知道過失，就可以免於過失。如果不堪去做神通的驗證，如果躭樂於二禪，則定力無法往上進步，因此知道了第二禪的過患，就可以見到第三禪的功德，也就成了第二禪的對治。……如果依靠攝一切入相來作意，會使喜心消滅，再由喜樂受持於心，以此作意，不久就會產生無喜樂的感覺，使心安然遞解到第三禪了。

問：什麼是三禪的過患？

答：是說靠近喜為怨敵，正定為粗樂枝，不堪忍受為得到神通，躭樂於三禪，則定力無法往上進步，如是見第三禪過患，可以見第四禪的功德，來對治三禪的過患。……唯有坐禪者用作一切相來作意，使現心滅，樂滅，又由捨（平等）心來受持，這樣作意後不久，就能因捨心而遞解到第四禪。坐禪人斷滅了樂，須先把苦斷滅，又把初喜憂盡除，心裏感到不苦不樂，起捨念淸淨，於是就能安住第四禪了。

此時，坐禪人在第四禪時已經獲得了自在樂，可以有遊於虛空定的境界，並超越了色界。於是再次思惟，色定是粗的，虛空定是細的，這樣坐禪人就見到了色定的過患，重見虛空定的功德。

問：什麼是色的過患？

答：色的過患猶如手使器械相互打鬥紛爭，兩人鬥嘴相互亂說，砍截手脚等種種壞事，又如眼睛患有痛疾，發燒感冒，飢餓口渴諸苦，此謂色欲過患。

問：什麼是第四禪的過患？

答：這是因爲接近喜，遂成怨，依靠色的活動，是粗，於是躭於樂則定力無法往上進步，依靠虛空寂寂得解脫，因此虛空定是粗，在色界中見第四禪的過患，所以見虛空定的功德是第四禪的對治。……持念入第四禪，明瞭無邊虛空定，再從此定生起消除地一切入相，修虛空定的地相將成過失，用虛空所作事無邊來作意。如果以此現作意，不久以後地相即會消失，從地相心生起演成於虛空，又因虛空入相而心自在得安。坐禪人自在心生起，於是一切色相有對治的想法皆滅絕，以種種想不再作意，是故正定現前進入安住無邊空處。

問：無邊虛空的空是什麼意思？

答：空是空（相）入、空界、空穴。不被（地、水、火、風）四大（元素）所感觸，這就是空。以空來正住安心，使心充滿無邊的感覺，這就是無邊。無邊空，是指無邊空（相）入。進入虛空處的心、心數法之心理活動，這是說虛空（相）入。

問：虛空有什麼涵義？

答：虛空係指虛空的無邊性質，有無邊性質的地方即爲空處，是說空義。正如安住天的地方名爲天處。禪者依虛空處起定，是說爲虛空處（相）入。

原典

云何二禪過患？

謂近覺觀是定之怨，與喜滿相應故禪成麁，以喜成滿心大踊躍，不能起餘禪枝。若著於喜是則爲失，若知是失則成不失。若不堪作神通❶證，若樂二禪不成勝分，是

知第二禪過患，見第三禪功德，是其對治……是依一切入相作意，令喜心滅，以由喜樂受持心，如是作意，不久以無喜樂令心安解三禪枝。

云何三禪過患？

謂近喜爲怨，正定以樂枝麁，不能堪忍爲得神通，第三禪不成勝分，如是見第三禪過患，見第四禪功德，是其對治。……唯彼作一切入相作意，令現滅樂滅，以由捨心受持，如是作意不久，以由捨心得安解四禪枝。彼坐禪人斷樂故，先已斷苦故，以初喜憂盡故，不苦不樂，捨念清淨，成就住第四禪。

爾時，坐禪人於第四禪已得自在樂，遊虛空定越於色界。復更思惟，色定麁，虛空定細。彼坐禪人見色過患，復見虛空定功德。

云何色過患？

如取器仗相打鬪諍，兩舌妄語，截手脚等種種諸事，眼痛、疾患、寒熱、飢渴諸苦，是謂色欲過患。

云何第四禪過患？

此近喜成怨，依於色事，是名爲麁，於是著樂不成勝分，依虛空寂寂解脫，於此定成麁，於色見第四禪過患，見虛空定功德，是其對治。……念入第四禪明無邊虛空定，從此定起，除地一切入相，修虛空定地相成失，於虛空所作事無邊作意。若如此現作意，不久地相成失，從地相心起成於虛空，以虛空入相自在心得安。彼坐禪人已起，一切色相有對想滅，於種種想不作意故，正受入住無邊空處。

問：無邊虛空者，云何爲空？

答：是空入、空界、空穴。不爲四大❷所觸❸，此謂爲空。於空正安心，令滿無邊，此謂無邊。無邊空者，是無邊空入，入虛空處心、心數法，此謂虛空入。

虛空者何義？是虛空無邊性，是無邊性空處，此說虛空義。如住天處名天處。彼虛空處定，此謂虛空處入。

注釋

❶**神通**：梵文Abhijñā之義譯，指通過修持禪定所得到不可思議的靈力，有五神通或

六神通不同說法。佛教認爲，此爲佛、菩薩和阿羅漢所擁有。

❷**四大**：地、水、火、風四種元素。印度人認爲，此四種物質爲組成世界的基本要素。

❸**觸**：感觸。

譯文

問：對於定處，當如何討論？

答：可從滅聲、顚倒、起、越、外行、覺、受、疑不應得方面來看待。

修禪獲得滅的人，進入初禪境界時，語言已經斷滅，進入第四禪時，（呼息）出（吸息）入之息當應斷滅。接著就是聲音亦滅。如果人已經入了定，即使聽到了聲音，亦不能說出。

爲什麼？

因爲入定之人處於定的境界時，耳和耳識兩者不和合，所以不可能說出。其次，對於已進入色定的人，聞聲則受到干擾，心裏發生迷亂。正如世尊所說的那樣，進入禪境的人，聞聽到聲音，猶如有刺扎身，不得安穩。

顛倒者，是指欲要進入以地一切（相）入的人，把非地相當作地相想，於是思想顛倒。

問：如果是這樣，怎麼樣才能不顛倒？

答：這四種顛倒想是沒有不一樣的。知道這地想是其相，就可以不顛倒。

欲生起定境的人，將用五種因緣，即以威儀苦、以最多境界、以障礙起、以方便不平等、以隨意來生起。例如進入無色定的境界，以最多境界的原因將不得生起，如是才能心住不動，獲得定力，進入滅禪定和果定。是以最初所作的行爲而決定生起何種定，並不是以其他原因而生起的。

越者，有「分越」和「事越」兩種。坐禪之人從色界禪越到色界定，這是「分越」。若是從色界禪越到無色界定，其次再從無色界定又越到無色界定（按：有時無色界定亦會退失），這是「事越」。

外行者，指一切定的外行將成就五因。

覺者，與第二禪相應。消除地獄相，生成無覺觀。

受者，與第四禪相應。消除地獄相，共同起捨心，即平等心。有的人則起樂相，似地獄相。

疑者，指未了斷一切貪欲與諸蓋，雖安住較高層次的非非想境界，但仍然心疑不淨。例如坐在樹上時，害怕毒蛇爬上樹來。已經生起定時，又想到了四種顛倒，這一類人是不能生起定的，將來也必定會墮入惡趣等等，疑慮叢生。

以上說明了以威儀苦、以最多境界、以障礙起、以方便不平等和以隨意五種因緣的重要性和必然性，表明了如果沒有原因的話，亦不會有正果，結果最後只能生成五種相反的不正確見解。這就是「無因作五逆邪見」。

原典

問：於是定處云何散句❶？

答：所謂滅聲、顛倒、起、越、外行、覺、受、疑不應得。

滅者，入初禪語言斷，入第四禪出入息斷。次第滅聲者，若人入定，聞有音聲，不得言說。

何以故？

是入定人，耳識不和合故。復次，入色定人，是聲成亂，如世尊所說，入禪人聲是其刺。

顛倒❷者，入地一切入，於非地想而作地想。

問：若然，何故不成顛倒？

答：此四顛倒想不異故。知此地想是其相，是故不成顛倒。

起者，以五因緣❸從於定起，以威儀苦、以最多境界、以障礙起、以方便不平等、以隨意。若入無色定，以最多境界不得起，住不動故，入滅禪定及入果定。以初作行得起，不以餘因。

越者，越有兩種：分越、事越。從色禪越色定，是謂分越。從色禪越無色定，復從無色定越無色定，是謂事越。

外行者，一切定外行成就五分。

覺者，第二禪等性，除無間❹成無覺觀。

受者，第四禪等性，除無間共捨起，有人樂相似無間。

疑者，未斷一切貪欲等蓋，住非非想處，說於有餘，如畏毒蛇上樹，有四種人不得起定，必墮惡趣。

無因作五逆邪見。

注釋

❶散句：散論。

❷顚倒：佛教認爲世俗之人不明事理，違反事物的本質而做出的判斷，通常把人生的無常、苦、無我和不淨視爲常、樂、我、淨，故爲四顚倒。

❸五因緣：指威儀苦、最多境界、障礙起、方便不平等、隨意生起等五種因緣。

❹無間：佛教術語，謂地獄。

6卷六

行門品第八之三

譯文

問：關於一切入，應如何討論？

答：若是以一種相而得到自在，那麼其餘所剩下的各種相將會隨著得自在的那種相而作意生起。由此可知，如果將一切入相集中於一處，就可以在生起的初禪中得到自在，以後又將在初禪活動中使用的一種相除去，把其餘所剩之相再次作意，如是能生起第二禪又得自在。依沿此法不斷作意，接著就可得第三禪自在，直至第四禪自在。

問：關於各種一切入相，哪一種最殊勝？

答：青黃赤白四種「一切入相」最殊勝。它能夠幫助坐禪的人獲得解脫，得到消除一切入相，所以應被稱爲最殊勝的一切入相，使心中充滿光明，安然得到自在。

將八一切入（地、水、火、風、青、黃、赤、白）以及八定（即四色定和四種無色定）相加在一起得十六種行（爲）。以此十六行安詳而修習，於是心隨各種行而起種種樂處，進而生得樂定，再演爲隨意而作，心中不出障礙，表現了次第上、次第下、次第上下、令一一增長、俱令增長、中少、分少、事少、分事少、分俱、事俱、分事俱等種種禪定心理活動現象。

隨十六種行（爲）所生起樂的人，或在村莊，或在阿蘭若（即山林靜修的地方）都可能生起樂心，從而迅速進入了禪定中。於是有樂心的人，並非其他樂，是他樂於禪，故能進入禪定。如其所樂的意思是在隨意所樂的時候，可以進入三昧，或很多時候進入正受。

依照次第（順序）上的人，因初禪入定後順序昇至非非想處之境界。

依照次第（順序）下的人，從最初進入非非想定，再順序降至初禪之境界。

次第（順序）上下者，爲越過順序來回往返，如從初禪進入第三禪，再從第三禪返回第二禪，又從第二禪進入第四禪，直到最後進入非非想定。

令一一增長者，是以次第（順序）進入第四禪，或昇或降。

俱令增長者，進入第四禪，再從虛空入返至第三禪，於是有二種入定的道路。

中少者，指已經證得了初禪，再昇入非非想處、第二禪，最後進入無所有處之境界。如是現行入於正受，亦就能夠辨別虛空處的特徵。

分少者，是說第一禪，用八一切入而得到入定的情況。

事少者，用三一切入達到八定的情況。

分事少者，謂二定和所有一切入相。

分俱者，是說三一切入取相修禪，而進入二分禪。

事俱者，指用二分一切入相，進入第二禪。

分事俱者，是指分俱和事俱二說的內容總括。

原典

問：於是一切入，云何散句？

答：若一相得自在，一切餘相隨其作意。若於一處一切入，於初禪得自在。堪任

餘一切入，能起第二禪。如是第二禪得自在，能起第三禪。第三禪得自在，能起第四禪。

問：於諸一切入，云何最勝？

答：四色❶一切入，是爲最勝。成解脫故，得除入故，曰一切入勝，作光明故，心得自在。

於八一切入及於八定❷，以入十六行❸安詳而起，隨所樂處，其所樂定，隨意無障，次第上，次第下，次第上下，令一一增長，或俱令增長，或中少，或分少，或事少，或分事少，或分俱，或事俱，或分事俱。

隨其所樂處者，或於村，或於阿蘭若❹，是斯所樂處，入於三昧❺。如所樂者，是其所樂禪，入於禪定。如其所樂時者，隨意所樂時，入於三昧，或多時入正受。

次第上者，於初禪入定次第乃至非非想處❻。

次第下者，從初入非非想定，次第乃至初禪。

次第上下者，越於往還，從初禪入第三禪，從第三禪入第二禪，從第二禪入第四禪，如是乃至入非非想定。

令一一增長者，以次第入第四禪，或上或下。

俱令增長者，入第四禪，從此虛空入第三禪，如是二種入定。

中少者，已入初禪，從此入非非想處，從此入第二禪，從此入無所有處❼，如是現入正受，能辨虛空處。

分少者，一禪於八一切入入定。

事少者，於三一切入入於八定分。

分事少者，所謂二定及一切入。

分俱者，於三一切入入二二禪。

事俱者，於二二一切入入二禪。

分事俱者，是此二句。

注釋

❶**四色**：十「一切入」中的青、黃、赤、白「一切入」。

❷**八定**：謂四色定和四無色定，總稱八定。

❸**十六行**：即「八一切入」加「八定」，共數十六。

❹**阿蘭若**：梵文Āraṇyaka，原義爲樹林，義譯爲寂靜處、空閒處、無諍處、遠離處、空冢等。指比丘習靜修行處所，後來泛指佛寺。

❺**三昧**：即「定」，即將心定於一處（或一境）的一種安定狀態，又一般形容妙處、極致等之時，皆以三昧稱之。

❻**非非想處**：禪定境界，八定之一。

❼**無所有處**：禪定境界，八定之一。

7 卷七

行門品第八之四

譯文

問：什麼是念安般？怎樣進行修習？有什麼特徵？什麼作用？什麼是念安般近因？可以獲得哪些功德？

答：安般就是吸入息和吐出息。安是（吸）入息，般是（吐）出息。於是有出息和入息的特徵。坐禪者心裏念想安般，隨安般氣息念，正念分明，這就是念（想）安般。心住安般而不亂叫修，讓心裏生起安般的念想是其特點，因安般氣息相觸保持思惟活動是其作用，因念想安般的活動使之斷滅了覺是其近因。

它將會產生哪些功德呢？

如果人們修念安般，能夠獲得寂寂空淨的境界，有殊勝之妙不可言的功用，心中樹立莊嚴相，可親可愛，自得娛樂。如果心中隨著安般出入默默數字，那些邪惡的不善行為或活動就會盡除殆滅，於是坐禪者身心不懈怠，眼睛亦不會滯呆無光，懈怠無神，如是身體不躁動、不搖晃，心裏意志彌堅，充滿了觀身不淨，觀受有苦，觀心生滅（無常），觀法無我的四種念想，充滿經常憶念佛法、依佛法做出正確的判斷、長期不懈、努力修持、因悟善法心生喜悅、斷除煩惱身心愉快、禪定、捨棄偏見的七種（覺意）修行和認識方法，充滿解脫的感覺。到此境界，連世尊亦歎服，聖人、梵天和如來亦不過留住於此，故與他們同在。

問：應該怎樣修習安般？

答：初次習禪的人，應尋往阿蘭若、尋往樹下，尋往寂靜的地方，然後雙腿結跏趺坐，上身端正，平視向前。一切準備工作做好後，坐禪人就開始進行念想入息，念想出息的活動了。若做念想出息，是較長的出息時，禪者應該知道「我的出息是長出息」。若做念想長入息時，禪者應該知道「我的入息是長入息」。若做念想短入息時，禪者應該知道「我的入息是短入息」。若做念想短出息時，禪者應該知道「我的出息是短出息」。

於是現前想學習安般的坐禪人，要把注意力集中於出入息所在的孔道，即鼻端和口唇兩處，因鼻端口唇是出入息所緣的地方。坐禪人以安般當作念想，關注鼻端口唇的入息和出息，又以觀來念想觸碰，或以現在就念想在入息，或以現在就念想在出息，在入息時不作意念，在出息時亦不作意念，此爲出入息接觸鼻端口唇。以念觀來知道自己所接觸之物，現令息入息出，猶如木匠觸摸木材，判斷鋸子的力量，而不去在乎鋸條來回走動一樣。如是坐禪人在入出息時，不去作意想到入出息，只是以念觀來觸知鼻端口唇，起現刻念使入息，現刻念使出息。

如果坐禪的人在入出息時作意，他的心內心外必定出亂。若心發生混亂，其身心亦會變成懈怠動搖不定，這是做安般活動中出現的過患。如果是處於最長息或是最短息，亦不應作意，若對此做最長息或最短息念想，禪者身體及心皆會形成懈怠懶散，動搖不定的情況，又是過患。於是，因出入息所伴生的種種相，即不應當執著，如果執著於心，就會對其他的境界生起混亂。若心紊亂波及身體與情緒，都會形成懈怠懶散，動搖不定，如是說明禪定活動中所出現的過患是無邊的，忽起出入息想，以無邊懈怠想作應作想，只有這樣，心才不會發生紊亂。如果心反應遲緩，或者反應迅速，亦不能精進。若是心作遲緩精進，仍使身心成爲懈怠睡眠，作迅速精進，則身心生調悔，坐禪的人與懈怠睡眠共同起念，與調悔共同起念，則身心亦成懈怠動搖，懶散不定，又成爲一個過患。

坐禪的人用九種出入息的方法起念，即出息、入息、出入息生起善欲、由欲出現的微細出息、微細入息、微細出入息生起喜悅、由喜悅而出現的更微細的出息、入息以及出入息等。因爲它們都是在禪定活動中最後要消除的心念，所以也可視爲九種小的煩惱。然後再用清淨心現刻念想入息。如果坐禪人依九小煩惱和清淨心作意，便可以得到所應生起的相。

所謂取名爲相，是指人身與柔軟之物相觸，產生了綿綿柔軟的樂觸；或者人身與堅硬的貝殼相觸，產生了硬邦喀的樂觸；又如人處於炎熱之下，一陣涼風刮來，沁人脾肺，身爽膚涼的清涼樂觸。如是坐禪的人修行，感受到出入息的活動，於是將此作爲（與）風（接）觸的活動，在鼻、口唇出入息進出的地方，作念風想，而不執著於出入息有什麼具體的形狀或顏色，這就是所說的相。

坐禪人修行，要修得多處，修得相成就增長，於是全身具足。例如，修安般念，於鼻端注念出入息，鼻端生成了樂觸相，然後此樂觸又由鼻端擴展到了眉骨處，乃至擴大了額頭，由一處樂進而成爲多處樂，最後此樂觸注滿了整個頭部，再發展到全身都感到猗（輕安）樂，由增長成爲具足，所以也稱具足。

還有的坐禪人，修行伊始，就幻見到了一些荒誕的異相東西，例如幻想見到了煙、霧、塵土以及碎金塊等等，這時禪者身心猶如針扎在身，如同螞蟻噬咬，既痛又癢，極不舒服。這些種種怪異相，如果坐禪者心裏糊塗，而不明白，於是執著異相而成顛倒相，不會去作出入息念想的活動了。但是，如果是心裏明白的坐禪者，則不會受此異相的迷惑，亦不去作異想，而堅持作念現入息想，念現出息想，遠離其他各種念想，於是按現入息念想作意，異相即會馬上消滅，坐禪人即得微妙地變化和感受。如是心不放逸，繼續堅持作意念現入息想，念現出息想，可得欲自在的境相。坐禪者再以這種自在相作意修行，念現入息、念現出息，心中又將生起喜自在。雖然已獲得了欲自在、喜自在，在此基礎上又繼續修行念現入息，念現出息，心中再起捨自在。又在捨自在的基礎上再念現入息、念現出息，禪者心自不亂，心不亂，則各種蓋亦就自然滅斷，禪的境界將水到渠成而生起，到了這時，坐禪人亦就得到了寂寂空滅的殊勝之四禪定的境界了。

其次，先師曾經說到過四種修習念安般的方法，它們分別是：算、隨逐、安置、隨觀四種。

原典

問曰：云何念安般？何修？何相？何味？何處？何功德？

答曰：安者入，般者出，於出入相。彼念、隨念、正念，此謂念安般。心住不亂此謂修，令起安般想爲相，觸思惟爲味，斷覺爲處。

何功德者？

若人修行念安般，成寂寂、成勝妙、成莊嚴，可愛自娛樂。若數數起，惡不善法令除滅。身成不懈怠，眼亦不懈怠，身成不動不搖，心成不動不搖，令滿四念處❶，令滿七覺意❷，令滿解脫，世尊所嘆，聖所住止，梵所住止，如來所住止。

云何修者？

初坐禪人，若往阿蘭若，若往樹下，若往寂寂處，結跏趺坐，正身在前。彼坐禪人，念入息，念出息。念出息，若長出息，我息長出，如是知之。若長息入，我長息入，如是知之。若短息入，我短息入，如是知之。若短息出，我短息出，如是知之。

……

於是現前令學安者，謂繫念住於鼻端，或於口唇，是出入息所緣處。彼坐禪人以安念此處，入息、出息於鼻端口唇，以念觀觸，或現念令息入，現念令息出。現於息入時不作意，於出時亦不作意，是出入息所觸鼻端口唇。以念觀知所觸，現念令入，現念出息，如人觸材以緣鋸力，亦不作意鋸去來想。如是坐禪人，於入出息亦不作意入出息想，所觸鼻端口唇以念觀知，現念令入息，現念令出息。

若坐禪人於入出息作意，內外其心成亂。若心起亂，其身及心成懈怠動搖，此是過患。若最長息，若最短息，不應作意，若作處最長最短息，其身及心皆成懈怠動搖，此是過患。由出入息種種相故，不應作著，若如是作心，餘緣成亂，若心亂，其身及心皆成懈怠動搖，如是過患無邊，起出入息，以無邊懈故應作想，如是心不亂。若心遲緩，若心利疾，不當精進。若作遲緩精進，成懈怠睡眠。若作利疾精進，成起調❸。若坐禪人，若與調共起，其身及心成懈怠動搖，此是過患。

彼坐禪人以九小煩惱❹、清淨心現念入息，彼相得起。名相者，如抽綿❺，抽古貝❻，觸身成樂觸，如涼風觸身成樂觸。如見入出息風觸，鼻口唇念作風想，不由形色，此謂相。

若坐禪人，以修多、修相成增長，若鼻端增長，於眉間、於額，成多處住，成滿頭風，從此增長，滿身猗樂，此謂具足。

復有坐禪人，從初見異相，如煙、如霧、如塵、如碎金，猶如針刺，如蟻所嚙，見種種色。若坐禪人心不明了，於彼異相成顛倒，不成出入息想。若明了坐禪人，不作異意想，念現入息，念現出息，離作餘想，若如是作意，異相即滅，是坐禪人得微妙相。心不放逸，念現入息，念現出息，彼相自在。以相自在欲起修行，由欲自在念現入息、念現出息，起喜，已喜自在，已欲自在。念現入息、念現出息，起捨，彼已捨自在，已欲自在，已喜自在。念現入息、念現出息，其心不亂，若心不亂，諸蓋滅，禪分起，此坐禪人已得寂勝四禪定。

復次，先師說四種修念安般，所謂算、隨逐、安置、隨觀。

注釋

❶**四念處**：梵文Smṛti-upasthāna之義譯。謂禪者在修行中以智觀來審視邪念生起禪觀。小乘認爲「觀身不淨、觀受有苦、觀心生滅、觀法無我」爲四念處。大乘以「觀身如虛空、觀受內外空、觀心但名字、觀法善惡俱不可得」爲四念處。它們都將此判爲三十七菩提分之一。

❷**七覺意**：覺意，梵文Sambodhianga之義譯，又名七覺支、七菩提分，三十七菩提分之一。謂成佛道路上的七種修行和認識方法。依次第爲念覺意，經常憶念佛法；擇法覺意，依佛法做出正確的判斷；精進覺意，努力修持，長期不懈；喜覺意，因悟善法，而心生喜悅；猗覺意，又名輕安覺意，在斷除煩惱後而獲得的身心愉快舒適的感覺；定覺意，即禪定；捨覺意，用平等看待諸事，捨棄偏見。

❸**調**：調悔。

❹**九小煩惱**：指修習安般念時使用的九種出入息方法。《清淨道論》轉引《無礙解道》說：「云何彼於長出息時，知『我出息長』，長入息時，知『我入息長』？㈠長

出息於長時出息。㈡長入息時於長時入息。㈢長出息入息於長時出息入息，長出息入息於長時出息入息者（於彼）生起（善）欲。㈣由於欲而比以前更微細的長出息於長時出息。㈤由於欲而比以前更微細的長入息……乃至……。㈥長出息入息於長時出息。由於欲而比以前更微細的長出息入息於長時出息入息者生起喜悅。㈦由於喜悅而比以前更微細的長出息於長出息。㈧由於喜悅而比以前更微細的長入息……乃至……。㈨長出息入息於長時出息入息。由於喜悅而比以前更微細的長出息入息於長時出息入息者，（他）的心從出息入息而轉去，而生起捨。以此等九種方法（彼）於長出息入息的身與現起的念及觀的智——身為現起而非念，念為現起與念——（彼）以那念及那智而觀身。所以說『於身修習身觀念處』。」

❺**抽綿**：與身相觸，綿綿柔軟之感覺。

❻**抽古貝**：與身相觸，邦邦硬喀之感覺。

譯文

問：什麼是算？

答：開始坐禪的人，從最初的修習出息，再到入息，從一計算到十，超過了十就不再計算。

然後又從一計算到五，超過了五亦不再計算。這樣做的目的是使坐禪人心裏不會發生意念上的錯誤，有利於集中修習，順利掌握什麼時候應當（計）算，什麼時候應當不再（計）算，即離算，所以從入出息活動中因（計）算而念想心住，這就是算。

隨逐者，是說禪者以算攝心後，以念無間想，跟隨出入息而逐步活動，故稱作隨逐。

安置者，指在念安般時，於出入息所碰觸之處如鼻、唇等處，觀想入出息的風相，停住彼處，此謂安置。

隨觀者，因觸覺而引起了一種自在之境，於是依此而在心中隨觀生起的念想，生起喜樂等心理活動，是名隨觀。

上述四種安般修習法中，「算」是消滅禪者對外在事物的感覺之活動，使心能遠離此覺。「隨逐」是離開了外覺之後，又滅掉心對數字所引起的粗覺，不斷地把心念安住在出入息上。「安置」是滅斷妄念，內心如如不動。「隨觀」則是受持的念想活動，可以獲取殊勝的果。在念安般活動中，將長入息吸進，把短出息吐出，照此辦法修習的人，隨順方便，所作所爲，於是超越了自己的（自）性，這就是掌握了長性的人顯現的智慧，這個智慧使他不再有愚癡的舉動了。

問：什麼是不愚癡的舉動？

答：開始坐禪的人得到身心輕安，於是以入息、出息爲念，使心安住不動，當出息或入息變得細微時，其念想亦隨之而細，到最後變成不可取。其實，坐禪人應以長入出息作隨觀念想，這是長入息相，於是長相生起安住，長相已生起安住，再以自性作意，這就是不愚癡。

其次，禪者當以心來把握通息，此心有時作長的活動，有時作短的活動，此爲所應該修習的地方。再次，坐禪人以行禪舉讓相於心中明白清楚生起，這亦是應修的途徑。當知道了一切我身，皆因入息而（生）長，如是學習者再以不愚癡和事（活動）二種行動來了知一切我身。

問：什麼是無愚癡而了知一切身呢？

答：如果坐禪的人修念安般定，於是身心因觸息而充滿喜樂，因爲充滿了喜樂，所以一切我身也就不成爲愚癡。

問：怎樣以事來了知一切身呢？

答：修習出入息的人，以專注在身體某一處使身不動，這時是色身；若以出入息來安住心和心數，這時是名身。色身和名身兩者相滙，統稱一切身。坐禪人因此能夠見知一切身。

原典

問曰：云何名算❶？

答曰：初坐禪人，從初出息乃至入息，從一至十，過十不算。復說從一至五，過五不算。不令意誤，是時當算乃至離算。從入出息事念住，此謂名算。

隨逐者，攝算以念無間逐出入息，此謂隨逐。

名安置者，或鼻端，或於唇，是出入息所觸處，於彼作風相令念住，此謂安置。

名隨觀者，由觸自在當隨觀相，於此所起喜樂等法，應當隨觀，此謂隨觀。

彼算爲覺滅，令得出離覺。隨逐者爲滅麁覺，於出入息作念無間。安置者，爲斷於亂作不動想。隨觀者，爲受持想，爲知勝法。若長入息，若短出息，於短入息，如是學之者，方便所作，過於其性，此謂長性者現智。智爲現不愚癡事。

問曰：云何不愚癡事？

答曰：初坐禪人得身心倚，以入出息念現作住，其出入息成細。出入息細故，成不可取。時，坐禪人若長息隨觀作長，乃至相起住，若相已起住，以性應作意，此謂不愚癡。

復次，當爲心消息，有時作長，有時作短，如是當修。復次，坐禪人以事令分明相起，是事當修。知一切身我入息，如是學者以二種行知一切身，不愚癡故，以事故。

問曰：云何無愚癡知一切身？

答曰：若坐禪人念安般定，身心喜樂觸成滿，由喜樂觸滿，一切身成不愚癡。

問曰：云何以事知一切身？

答曰：出入息者，所謂一處住色身，出入息事心、心數法名身。此色身名身，此謂一切身。彼坐禪人，如是以見知一切身。

注釋

❶**算**：計算。

譯文

問：爲什麼要用刹那（瞬間）來修習念死想？

答：坐禪者不計較過去和未來的事情，只關心現世衆生壽命的緣數，將此一念在禪事活動中安住想，而且不再生起其他的雜念，於是可知一切衆生僅於刹那之間即可以使心突然沒有，瞬間即會逝去。正如論中所說的那樣，（在衆生中）過去心是沒有已經生起的，亦沒有應當就生起的，還沒有現刻即生起的；未來的心亦不可能已經生起，亦沒有即刻生起，更沒有應當生起；現在心在刹那期間不會已經生起，亦沒有應當生起，只有即刻生起。

其次再說講偈文如下：

眾生及其身自性，以及苦樂及所有的一切，
它們都與這一心相應，會在剎那間而迅速生起，
此心在過去和未來從未生起亦無生，只是在現在才有生，
是說心之斷滅故世間亦死去。已經說完了世間滅盡的道理。

原典

問曰：云何以剎那故修念死❶？

答曰：以不數過去、未來，但數現在，緣眾生壽命，於一念時住，從彼無二念住，一切眾生於剎那❷心沒。如阿毘曇中說，於過去心無已生、無當生、無現生，於未來心無已生、無現生、無當生，於現在心剎那無已生、無當生、有現生。

復如說偈：

壽命及身性，苦樂及所有，
與一心相應，剎那速生起，
於未生無生，於現在有生，

心斷故世死，已說世盡故。

注釋

❶**念死**：十隨念之一，爲禪者修持入定的方法。

❷**剎那**：爲一瞬間的工夫。

譯文

問：怎樣才可以安住念想身自性？

答：坐禪人念想身自性者，應用以下的方法來行之。禪者以身體各部位爲作意安心，依次這樣念想，（人的）脛骨安立於足骨之上，髀骨安住於脛骨之上，髂骨安住於髀骨之上，脊骨安住於髂骨之上，胛骨安住於脊骨之上，臂骨安住於胛骨之上，項（頸）骨安住於臂骨之上，頭骨安住於項骨之上，頰骨安住於頭骨之內，齒骨安住於頰骨之間等等，於是禪者可以從人身的各種骨節以及它們相互纏裹的關係，和外表只是覆了一張皮的情況，而看出人的身體亦不過是污穢的，是名「穢身」。各種骨節和皮等都是依從所作的業（行爲）而生出，並不是由其他的能力或行爲造出的，像這樣禪者以安住來念想身自性。

問：怎樣以聚（集）來念想身自性？

答：坐禪者應用以下的方法來作修持，念想人身有九塊頭骨，兩塊頰骨，三十二顆齒骨，七塊項（頸）骨，十四塊胸骨，二十四根肋骨，十八根脊骨，兩塊髂骨，六十四塊手（指節）骨，六十四塊足（指節）骨，緊貼肉的還有六十四塊軟骨。所以人身共有三百塊（根、顆）骨頭，又人身有八百處關節，九百根筋纏住，九百個肉團，一萬七千副湊（輪輻），八百萬根頭髮，九萬九千孔毫毛，六十四塊間隔，八萬條蟲。體內還有膽汁、唾液、腦髓等液體物，每種有一波賴他單位重，按照中國的計算爲重四兩，人血有一阿咃，中國計量爲三升，至於其他，多的不可稱呼和計算，種種有形狀之物只是屎聚集在稱名爲身之地。如是以上述的骨（固體）聚集和膽等（液體）聚集的兩種聚集，念想身自性。

問：怎樣以憎（惡）念想身自性？

答：禪者看重的第一是淸（斡）淨所喜愛的服飾。於是拿花香塗抹全身，穿的衣服莊重嚴肅，閉目坐在角落，又將枕頭、牀褥、毛毯、地毯、牀帳各種臥具，以及種種飲食住所供養，於是心生起（喜）愛之心愈重，後來逐漸變成憎惡之心，再以此憎惡之心來念想身自性。

問：怎樣以不清淨思惟來念身自性？

答：修禪的人所穿的衣物及種種服飾已經不乾淨了，但是可以通過洗滌等方法再使其變得乾淨。爲什麼呢？因爲衣服自性是淨潔的。然而人身的自性卻本身就是不淨的，所以即使通過洗滌，仍不能令身體淨潔。又以香塗身，以香水洗浴也不能令身清淨。

爲什麼？

因爲人身自性本身就不淨，於是要以不清淨來念想身自性。

問：怎樣以（某一）處來念想身自性？

答：蓮花要依靠水池才能生長，果實要在結果的地方才能生長。同理，人身是由種種煩惱疾患而生。有眼痛、耳痛、鼻痛、舌痛、身痛、頭痛、口痛、齒痛，患有咳嗽氣急、寒熱腹痛、心悶癲狂、瘋病霍亂、癩瘻吐血、癬瘡、疥瘍、痳瘋寒病等等，於是才知道人的身體充滿了無邊的過患，故以這些過患之處來念想身自性。

問：怎樣以不知恩的思惟來念想身自性？

答：世人雖然經常保護照料自己的身體，吃最好的飲食，洗澡抹香，不管是睡覺還是坐著都要穿衣蓋被，膚不外露，體現莊嚴的氣質。但是這個像有毒樹一樣的身體卻並不感激，不知恩報恩，反而朝著老、病、死的方向發展，如同得恩惠的親友不知報恩。這就是以不知恩來念想身自性。

問：怎樣以有邊（際）來念想身自性？

答：禪者應該知道人身或可以被闍維（火化），或者可能被吃掉，或者可能受到損壞，或者可以隨著時間的推移而衰老磨滅。於是說明此身有邊，這是以有邊來念想身自性。

坐禪人了解了上述的道理，用這種分類，這種行動，以自性來念想自身。又以念想自在，以（智）慧自在而生起不亂心。如果不亂心生起，諸種蓋將斷滅，於是禪境而起，再隨禪境生樂終得到殊勝的境界。

原典

云何以安當念身自性？

於足骨脛骨安住，脛骨於髀骨安住，髀骨於髂骨安住，髂骨於脊骨安住，脊骨於髀❶骨安住，髀骨於臂骨安住，臂骨於項骨安住，項骨於頭骨安住，頭骨於頰骨安住，頰骨於齒骨安住，如是此身骨節纏裹，以皮覆上成此穢身，從行業生非餘能造，如是以安當念身自性。

云何以聚當念身自性？

九頭骨、兩頰骨、三十二齒骨、七項骨、十四胸骨、二十四脇骨、十八脊骨、兩髂骨、六十四手骨、六十四足骨、依肉六十四軟骨。此三百骨、八百節、九百筋纏，九百肉丸、一萬七千湊、八百萬髮、九萬九千毛、六十四間、八萬虫種，膽、唾、腦各一波賴他❷，梁言❸重四兩，血一阿咃❹，梁言以三升，如是等不可稱計，種種形唯是屎聚集名身。如（是）二聚當念身自性。

云何以憎當念身自性？

彼所重物第一清淨所愛服飾。如是花香塗身，衣服莊嚴，眠坐隱囊，枕褥氍毹❺、毾㲪❻床帳臥具等，種種飲食住止供養。心生愛重，後成憎惡，如是以憎惡，當念身自性。

云何以不清淨當念身自性？

如是衣物種種服飾，已不淨潔，可更浣治還得清淨。何故？以性清淨故。此身不淨不能令淨。復次，以香塗身，以香水洗浴不能令淨。

何以故？

性不淨故。如是以不清淨念身自性。

云何以處當念身自性？

如花依池生，如果依果處生，如是此身從種種煩惱疾患，故生。如是眼痛、耳痛、鼻痛、舌痛、身痛、頭痛、口痛、齒痛，患嗽急氣，寒熱腹痛，心悶癎狂，風病霍亂，癩瘻吐血，癬瘡疥瘑❼、痳瘀❽、寒病等，此身有無邊過患，如是以處當念身自性。

云何以不知恩當念身自性？

其人雖復料理自身，以最勝飲食，或洗浴摩香，眠坐衣帔❾以自莊嚴，此毒樹身反不知恩，向老、向病、向死，如親友不知恩，如是以不知恩當念身自性。

云何以有邊當念身自性？

此身或可闍維❿，或可噉食，或可破壞，或可磨滅。此身有邊，如是以有邊當念身自性。

彼坐禪人以此門、以此行、以自性當念此身。以念自在，以慧自在，成不亂心。若不亂心諸蓋滅，禪分起，隨其所樂成得勝。

注釋

❶脾，應為「胛」。

❷**波賴他**：梵文parashṭha，古印度的一種計量單位。

❸**梁言**：指南朝梁朝的語言，泛指中國語言。

❹**阿吒**：梵文Āḍhaka，古印度的一種計量單位。

❺**氍毹**：又作氍毺，音「衢俞」，毛織粗氈毯。

❻**氍氀**：又作毾㲪，音「榻登」，原指天竺生產的細毛地毯，又曰毛席、羅㲰、㲣非或𣰆𣯫等。一般多放置於上牀之前的蹬踏小木櫈上，尺寸大小不等，顏色不一。

❼**㾓**：疑癘，《禮·月令》：「仲冬行春令民多疥癘」，屬疥癢疾病。

❽**痳瘀**：痳，應爲淋；瘀，應爲秘。腐痡塞堵之病。

❾帔，通被。

❿**闍維**：梵文tāpati，又譯荼毘，謂僧人圓寂後進行火化。

8 卷八

行門品第八之五

譯文

剛開始學習坐禪的人要以二種認識方法來取相諸「大」（元素）。此二種方法，一是以（簡）「略」，二是以「廣」（泛）來思惟取相。

問：怎樣能以（簡）「略」來取相諸「大」？

答：坐禪之人進入寂寂（空）坐的狀態，集中一切思惟使之心不紊亂，這樣他的思惟可以將身體看作「四大（種元素）」的滙稱。於是在通過此身體的一切來認識其界限（區），即知道顯現出潮濕的特點的東西是水界，有火熱的特性的東西是火界，能使東西持立的是地界，具有流動性的東西爲風界。如此，可以知道所謂此身體只有界，而不存在衆生，也沒有命。這就是以（簡）「略」的認識方法來取諸界相。

問：怎樣以「廣」（泛）來取諸界相？

答：禪者要以人的二十種體內固體物來廣（泛）地取相地界，即於身體的頭髮、毫毛、手爪、牙齒、皮、肉、筋、脈、骨頭、骨髓、腎臟、心臟、肝臟、肺、脾臟、胃、大腸、小腸、胞（疑爲腸間膜）、屎、腦等。

又以人的十二種體內液體物來作廣（泛）取水界相，即念想此身有膽汁、唾膿、血、汗、油脂、眼淚、脂肪、水、唾液、鼻涕、汗涎、尿等。

再以四種特性來廣（泛）取火界相，即熱、暖、溫、平等四種特性，此四性均起消化吃進的飲食之作用，所以要用火界作取相。

最後以六種於體內流動的風來廣（泛）取相風界，即向上的風，向下的風，前腹的風，後背的風，身內各處的風，出入息風等來作風界取相。

於是以上人體內地、水、火、風的四界相，相加得四十二種不同的物，從此四十二種物中可以見到人身最後歸結爲只有界，沒有衆生亦無命，這就是已經「廣」（泛）取了諸界相。

再次，先師曾經說過以十種方法來觀察四大。即所謂以語言義、以事、以聚、以散、以無所著、以緣、以相、以種類非種類、以一義種種義、以界釋第一、以言語義章之十種。

原典

初坐禪人以二行取諸「大」，以略、以廣。

問：云何以略取諸「大」？

答：彼坐禪人入寂寂坐，攝一切心不亂心，此身以四大可稱。於此身一切見界，濕性是水界，熱性是火界，持性是地界，動性是風界。如是此身唯有界，無眾生無命，如是以略取諸界。

云何以廣取諸界？

以二十行廣取地界。於此身髮、毛、爪、齒、皮、肉、筋、脈、骨、髓、腎、心、肝、肺❶、脾、胃、大腸、小腸、胞、屎、腦。

以十二行廣取水界。此身有於膽、唾膿、血、汗、脂、淚、肪、水、唾、涕、涎、尿。

以四行廣取火界。以是熱、以是暖、以是溫、以是平等消飲食噉嘗。此謂火界。以六行廣取風界，向上風、向下風、依腹風、依背風、依身分風、出入息風。如是以四十二行見此身唯有界，無衆生無命，如是已廣取諸界。

復次，先師說，以十行當觀四大，所謂以語言義、以事、以聚、以散、以無所著、以緣、以相、以種類非種類、以一義種種義、以界釋第一、以言語義章。

注釋

❶胇，通「肺」。

譯文

問：怎樣以語言來分別諸種界相？

答：同一語言有二種界定，即所謂同言（同類語言）和勝言（特殊語言）二種。當只說到四大這一總稱時候是同言，具體地指地界、水界、火界和風界時，指的是勝言。

問：此四大有何意義？

答：大有生的作用，是故名大。有了大但並非是實在的涵義，只是在現實中可以看到而已，是故名大。「大」，有時亦和鬼等形狀相同，亦名大。

問：爲什麼說大生名大？

答：因爲諸種世界皆由大而生，正如世尊所說的以下之偈：

簡略地說（世界中的）地有二十萬又四那由他之體積。

水有四十萬又八那由他之容量。

風則是充滿在廣闊的天空，有九十萬又六那由他的體積。

如今這個世界之所以能夠存在，都是因為有了火的緣故，火使其成。

亦使世界各處充滿了各種光亮和火焰。

上至梵天的世界，乃至前溯到七日（太陽）之時代。

它們無不是由「大」而生出，所以才稱名為大。

原典

問：云何以語言分別諸界？

答：二界語言同，所謂同言、勝言。於是四大此同言。地界、水界、火界、風界，此謂勝言。

問：此四大何義？

答：大生名大，有大非實義，令現實義，是故名大。大者，鬼等形名大。

云何大生名大？

諸界大生，如世尊所說偈：

略說地相，有二十萬，
四那由他。水四十萬，
八那由他。風住虛空，
乃九十萬，六那由他。
世界所在，亦以火成。

世界之中，有諸光焰。
上至梵世，乃極七日❶，
如是大生，是故名大。

注釋

❶**七日**：指七個太陽。佛教《七日經》說，世界曾經先後經歷了七個太陽照射，到了第七個太陽以後，才出現了日、月、人類、植物等和人類有階級的社會。詳見《中阿含》卷八、《增一阿含》卷三十四。

譯文

問：爲什麼大是不實卻能令不實顯現爲實呢？

答：稱名爲大界者，好比人身體本無差別，既非男身又非女身，但它們卻以男女身來顯示，見於衆生。又如從語義上說界（限）既非長也非短，但是在現實中卻以長短之尺寸來衡量。還如界（限）既非樹亦非山，但是現實中卻以樹和山來展現風景。

於是可知大在本質上是不實的，卻能令不實顯現爲實，故名大。

問：爲什麼大與諸種鬼等爲異形？

答：如鬼能附於人身，使人身變爲鬼身。因有鬼形而生起四行，或者表現出身體變的強壯，或者尿熱，體內有火氣，或者輕微躁動不安。於是此身因火界的作用而和合生成四行，因地界的作用，使身和合而形成堅實，因水界的作用，使身和合在體內有液體的流動，因火界的作用，使身和合體內積聚熱量，因風界的作用，使身和合體內出入息風促其輕微活動。從上可知鬼形等稱名爲大，而大只是語言上的意義矣。

問：地界、水界、火界、風界各有什麼定義？

答：廣大是地的定義，可以飲用，得以守護的是水的定義，使現光明是火的定義，可來可去的是風的定義。

問：界有什麼定義？

答：能夠守護自性相是界的定義。其次，地的自性是地界，水的自性是水界，火的自性是火界，風的自性是風界。

問：什麼是地自性？

答：地自性的特點是堅實性、強硬性、厚實性、不動性、安性、受持性，是謂地性。

問：什麼是水自性？

答：水自性的特點是潮濕性、沼澤性、流動性、溢出性、漲滿性、增長性、喜性、結著性，此謂水性。

問：什麼是火自性？

答：火自性的特點是熱性、暖性、蒸發性、熟性、燒性、獲取性，這就是火性。

問：什麼是風自性？

答：風自性的特點是承持性、冷性、去來性、輕動性、低下性、獲取性，此謂風性。

以上是界的定義說。

如是以語言的定義來相應觀察界的情況。

原典

問：云何大非實義令現實義？

答：名大界者，非男非女，以男女色可見。界者，非長非短，以長短色可見。界者非樹非山，以樹山色可見。如是大非實義令現爲實義名大。

云何諸鬼等異形？

如鬼入人身成其身。以鬼形成起四行❶，或身強、或尿熱、或輕動，如是於身以火界和合成起四行，以地界和合成堅，以水界和合成流，以火界和合成熱，以風界和合成輕動，如是鬼形等名大。大者是語言義。

問：地界、水界、火界、風界者何義？

答：廣大名地義，可飲守護是水義，令光明是火義，去來是風義。

界者何義？

持自相爲義。復次，地自性是地界，水自性是水界，火自性是火界，風自性是風界。

云何地自性？

是堅性、強性、厚性、不動性、安性、持性，此謂地性。

云何水性？

濕性、澤性、流性、出性、滿性、增長性、喜性、結著性，此謂水性。

云何火性？

熱性、暖性、蒸性、熟性、燒性、取性，此謂火性。

云何風性？

持性、冷性、去來性、輕動性、低性、取性，此謂風性。

此界義。

如是以語言義應觀界。

注釋

❶**四行**：指地、水、火、風四行。

譯文

問：怎樣以「事」觀察諸界？

答：應看到地界以承持爲事（活動），水界以結著（融和凝固）爲事（活動），火界以使其成熟爲事（活動），風界以遮（漫）爲事（活動）。

再者，諸物以地界承載爲事（活動），諸物沉入水界爲事（活動），諸物因火界的作用而向上昇飛爲事（活動），諸物因風界的作用使其轉動爲事（活動）。

再者，地、水、火、風四界中的任何二界相互接近後，因此而開始形成新的事物。

再者，二界相互接近又形成一種結果的事物。二界相互接近反應之後產生最初的坐臥。再次，二界相互接近反應之後而又有活動發生。二界相互接近反應產生最初的懈怠睡眠。二界相互接近反應隨後出現精進勇猛。二界相互接近反應開始先以見重。二界相互接近反應隨之後以見輕。

以上解說以事來觀察四大及其相互關係的情況。

問：怎樣以聚來觀察四大？

答：所謂聚，是指因地界、水界、火界和風界的四種作用，而生成色、香、味、觸之四種功能或感覺，它們相加共得八法。此八法或者經常共同存在或出現，彼此互相依住而不分離，如是這種和合緣起或緣生的狀態，就稱名爲聚。

這種聚一共有四種方式，即地聚、水聚、火聚和風聚。當發生地聚的情況時，以地界的作用最多，而其他的水界、火界和風界的作用則次第減少。在水聚中，水界的作用最多，而其他的地界、風界、火界的作用則次第減少。在火聚中，火界的作用最多，其他的地界、風界和水界的作用依次減少。在風聚中，風界的作用最多，其他的火界、地界、水界的作用次第減少。

以上解說以聚觀察諸界畢。

問：怎樣以散來觀察四大？

答：坐禪人作意於觀想地界，通過觀察土地中顆粒最細微的，飄浮於空中的灰塵，可以看到地上的泥土都是因塵和水合相聚，故而不散，然後這些泥土又因火的成熟作用，使其不會發酵而產生出臭味，又在風的吹動下在地上翻轉。由此種觀法，就證實了先師所說的「人身亦如地界可以粉碎為塵土，變成一斛二升重，又時與水和合增長為六升五合，經火燒成熟，再隨風刮而起迴轉」。

以上是說以散來觀察諸界。

問：怎樣以不相離來觀察四大？

答：前面我們曾經說過，地界可以被水所攝（融攝），由火而變成熟，因風而持轉，於是地可與水、火和風三界和合。水界要以地為住處，火可使其成熟，風可使其吹散展轉，於是水為地界、火界和風界三界所攝（融）。火界也是住於地處，由水所攝（滅），風所支持，於是火與地、水、風三界所生起熟。風界也是依然住於地處，被水所攝（溶），火可使其成熟，於是地、水、火三界成其持轉。由此可知地是水、火、風的住處，水使地、火、風三界成其融攝而不散，火使地、水、風三界成其熟而不臭，風讓地、水、火三界得轉並一直長住不散，如是地、水、火、風四界依次展轉，成住不散，彼此互相依賴。

以上是說以不相離來觀察諸界。

問：怎樣以緣來觀察諸界？

答：禪者可用四因、四緣來生起諸界。
問：爲什麼要取「四」這個數字？
答：因爲要以業、心、時、食四種條件作因而生緣起，所以要取「四」這個數字。

問：怎樣解釋業從業中而生起呢？
答：業從業生，此時在地、水、火、風四界中，以生緣和業緣二種緣來使成緣起，而其餘的界，則以相互待緣的依緣而成緣起關係。
心從心中所生，此時在四界中以生緣、共生緣、依（待）緣、食（取）緣、根緣和有緣六種緣的方式成其緣起關係，而其餘的界則以緣、以依（待）緣、以有緣來成其緣起。
當坐禪人修習時，體內最初生起類似初孕的胎時心識，這時心識與共生緣、展轉緣、依（待）緣、食（取）緣、根緣、（果）報緣和有緣七種緣使成緣起關係。在胎時心之後而出的後生心爲初次生起時，人身則以後生緣、依緣、有緣三種緣爲其成緣起關係。

此時因時間而取得成就，四大以生緣和有緣二種緣而使成緣起，其餘的界則以依（待）緣、有緣二種緣而使其成緣起關係。

此種食因食所取得成就，四大以生緣、食（取）緣、有緣三種緣使成緣起，其餘的界則以依（待）緣、有緣成其緣起關係。

於是，從以上看出，業中可以生出四界和共生（同生起的）界，它們以共生緣、展轉緣、依（待）緣和有緣四種緣展轉而成其緣起。其餘的界則以依（待）緣和有緣而成其緣起。

是故從上諸種說法中，可以知道（心）從心生、（時）從時生和（食）從食生的道理了。

最後，還可以知道，地界是其餘的界（水界、火界、風界）的住處的緣而成其緣起；水界是其餘的界（地界、火界、風界）的結著的緣而成其緣起；火界為其餘的界（地界、水界、風界）的（成）熟的緣而成其緣起；風界為其餘的界（地界、水界、火界）的（護）持的緣而成其緣起。

如是以緣來觀諸界的道理已經說完了。

問：怎樣以相來觀察諸界？

答：四界中有堅硬相的是地界，有潮濕相的是水界，有炎熱相的是火界，有寒冷相的是風界。以上就是以相來觀察諸界。

問：怎樣以類、非類來觀察諸界？

答：地界和水界是同一種類別的東西，其特徵是（質量）重；火界和風界則是另同一種類別的東西，其特徵是（質量）輕。水界和火界不是同類，而是非同類，因爲水界有使（火等）滅的作用，火界卻有使（水等）乾燥的作用，所以它們是非同一類的東西。地界和風界二者關係展轉變化，也是非同類東西，例如地界能樹立障礙，阻擋風界的運行（路線），風界也能狂刮而滅（散）地界，所以它們是非同種類的東西。

其次，地、水、火、風四界因展轉緣的關係，它們可以展轉變化爲同一種類；又以各界的自性內在的相（本質）的特殊性作用，即使展轉變化，也不能成爲同類，它們仍然是非種類的東西。

以上是說以同種類、非同種類來觀察諸界。

問：怎樣以一性、種種性來觀察諸界？

答：由業（活動或行爲）而生出地、水、火、風四界。故我們只從由業生出四界的角度如是觀察，那麼由業而得出四界有一種性質，即所謂一性。此一性以（自）相來表現界的種種性（質）。由此可知，四界從心生、從時生和從食生都有這類情況。

由業生、心生、時生和食生四種作用與地界相互緣生，以自相之一性和以因緣起所謂種種表相，於是此四種因緣生風界、火界，風界的種種相可以得知。

因此，地、水、火、風四界以界（限）爲一性，以大（種）爲一性，以（佛）法爲一性，以無常爲一性，以苦爲一性，以無我爲一性。又以（表）相爲種種性，以事（活動）爲種種性，以業（行爲）爲種種性，以心（心理活動）爲種種性，故成就種種性。以時（間）爲種種性，故成就種種性。以食（取）爲種種性，故成就種種性。以地（界）爲種種性，故成就種種性。以生（命）爲種種性，故成就種種性。以（六道）趣爲種種性，故成就種種性。

以上是說以一性和種種性來觀察諸界。

原典

問：云何以事觀界？

答：地界持爲事，水界結著爲事，火界令熟爲事，風界遮爲事。

復次，地界立爲事，水界下入爲事，火界令上爲事，風界轉動爲事。

復次，二界近故，成舉初步。

復次，二界近故，成舉後步。二界近故，成初坐臥。復次，二界近故，成後行立。二界近故，成初懈怠睡眠。二界近故，成後精進勇猛。二界近故，成初重。二界近故，成後輕。

如是以事觀四大。

云何以聚觀四大？

聚者，地界、水界、火界、風界，依此界成色、香、味、觸，此八法或多共生住不相離，此和合名聚。

彼復成四種，地聚、水聚、火聚、風聚。於是地聚地界成最多，水界、火界、風界次第成最少。於水聚水界成最多，地界、風界、火界成最少。於火聚火界成最多，地界、風界、水界成最少。於風聚風界成最多，火界、水界、地界次第最少。

如是以聚觀諸界。

問：云何以散觀四大？

答：觀於地界，從於最細鄰空微塵生。此地爲水所和故不散，爲火所熟成不臭，爲風所持成轉。如是觀。復先師說中「人身地界碎之爲塵，成一斛二升，是時以水和合，成六升五合，以火令熟，隨風起迴轉」。

如是以散觀諸界。

問：云何以不相離觀四大？

答：地界水所攝、火所熟、風所持，如是三界和合。水界者住於地處，火所熟、風所持，如是三界所攝。火界者住於地處，水所攝、風所持，如是三界所熟。風界者住於地處，水所攝、火所熟，如是三界所持。於地住三界，水所攝三界不散，火所熟三界成不臭，風所持三界得轉直住不散，如是此四界依展轉成住不散。

如是以不離觀諸界。

問：云何以緣觀諸界？

答：四因、四緣爲起諸界。

云何四？

所謂業、心、時、食。

云何業從業所生？

四界以二緣成緣，以生緣、以業緣，餘界以依緣成緣。

心者從心所生，四界以六緣成緣。以生緣、以共生緣、以依緣、以食緣、以根緣、以有緣成其緣，餘界以緣、以依緣、以有緣。

於入胎時心，諸色以七緣成緣，共生緣、展轉緣、依緣、食緣、根緣、報緣、有緣。後生心爲初生，身以三緣成緣，所謂後生緣、依緣、有緣。

此時爲時所成，四大以二緣成緣，生緣、有緣，餘界以二緣成緣，依緣、有緣。

此食從爲食所成，四大以三緣成緣，生緣、食緣、有緣，餘界以二緣成緣，所謂依緣、有緣。

於是從業生四界、共生界，展轉以四緣成緣，所謂共生緣、展轉緣、依緣、有緣，餘界以緣成緣，所謂依緣、有緣。

如是從心生、從時生、從食生可知。

地界者為餘界住處緣成緣，水界者為餘界作結著緣成緣，火界者為餘界作熟緣成緣，風界者為餘界作持緣成緣。

如是以緣觀諸界。

問：云何以相觀諸界？

答：堅相地界，濕相水界，熱相火界，冷相風界。如是以相觀諸界。

問：云何以類、非類觀諸界？

答：地界、水界一種類，以重故。火界、風界一種類，以輕故。水界、火界非類，水界能滅，火界令燥，是故非類。地界、風界展轉非種類，地界障風界行，風界能滅地界，是故非種類。

復次，或四界展轉種類，以展轉緣故；或展轉非種類，以自相故。

如是以種類、非種類觀諸界。

問：云何一性、種種性觀諸界？

答：從業生四界，以從業生，所謂一性以相種種性，如是從心生、從時生、從食生可知。

四因緣地界，以相一性以因。所謂種種相，如是四因緣風界、火界，風界可知。四界以界一性，以大一性，以法一性，以無常一性，以苦一性，以無我一性。以相種種性，以事種種性，以業種種性，以心種種性，成種種性。以時種種性，成種種性。以食種種性，成種種性。以種種性，成種種性。以地種種性，成種種性。以生種種性，成種種性。以趣❶種種性，成種種性。

如是以一性、種種性觀諸界。

注釋

❶**趣**：指六趣。

譯文

問：怎樣以觀界隸（屬性）？

答：有一位善於設計的巧匠，用木頭做人的模型，裝置仿造的人體器官，具有人所具有的功能，可以隨意行走。其內部均用繩索互相連結，外面再用泥塑表層，塗以顏色，於是不管從形狀或顏色看上去都與眞人一般。再給木人穿上華麗的外衣，扮相莊嚴，打扮成男人相或女人相，由人用繩牽著在各處行走、跳舞，或者倚立，或者坐著。從上可知，這個界與隸（屬性）也可稱爲身。以初（次出現的）煩惱爲隸（屬性）。隸（設計）師所作的木人一切器官功能爲筋，由繩所連接牽動的肉是泥，表皮塗以顏色，體內各部分空隙是孔（道），外面再穿上各種華麗的衣服，扮相莊嚴，分別命名爲男或女，其心（理）活動由風界（的輕動性）所牽動，或者行走，或者停住，或者去，或者來，或者申（長），或者縮（短），或者（細）語，或者（大聲）說話。

這個界隸人還與識共同生起，以憂和惱作因緣，和合生成憂悲苦惱，或者笑，或者戲（弄），或者相互拍肩等。支撑界隸的是食（物），受持界隸的是（生）命（之）根，當（生）命終結之時，界隸也就分散了。如界有業的煩惱存在，新的界隸將會再次現起，所以界隸生起的時間，起初是不能預見的，過後也不能控制的。

以上是說觀界隸（屬性）的方法。

原典

問：云何以觀界隸❶？

答：如巧隸師，以材木作人，一切身分具足，隨逐行走，內繩所連，外假泥飾，形色如人，寶衣莊嚴。或男或女，以人牽繩，或行或舞，或倚或坐。如是此界隸名身，以初煩惱爲隸。師所作身分具足爲筋，繩所連以肉爲泥，以皮爲色，虛空爲孔，寶衣莊嚴名爲男女，以其心事爲風界所牽，或行或住，或去或來，或申或縮，或語或說。

此界隸人與識共生，以憂惱因緣，成憂悲苦惱，或笑或戲，或相拍肩等。食者支持界隸，命根者受持界隸，以命終界隸分散。若有業煩惱，復更起新界隸，如是生界隸，其初不可知，其後不可知。

如是以界隸觀諸界。

注釋

❶隸，通隸，音「麗」。此處有二義，一指界之屬性，二謂計算。

9 卷九

五通品第九

譯文

此時，坐禪的人如果已經取得了（入）定自在，進住於第四禪的境界，便能生起五種神通，即所謂身通、天耳通、他心智通、宿命通和天眼通。

所謂身通，是指身體在禪定後能起一些特殊變化。天耳通，是指已經具備了超過常人所不具備的聽力。他心智通，是指能夠了解他人心思的洞察力。宿命通者，是指能夠憶念前生的諸事。天眼通者，指已經具備了平常人所不具有的特殊視力。

問：變有幾種？應該由誰來修變？怎樣生起變？

答：變有三種，它們是受持變、作變和意所作變。

問：什麼是受持變？

答：坐禪的人修行，達到了以一成多，以多成一的變化自如的境界，於是禪者身體增長，昇至梵（天）世（界），這就是受持變。

問：什麼是作變？

答：坐禪的人身體發生了變化，捨棄了自性的身段，變現出童子形、或龍形、或梵王形等等，此謂作變。

問：什麼是意所作變？

答：坐禪的人修行到此時，身體發生變化，造作其餘各種身，隨心所欲，隨意造一切變化身，於是身體各種器官、功能齊備，這就是意所作變。

原典

爾時，坐禪人如是已作定自在，住於第四禪，能起五神通❶。所謂身通、天耳通、他心智通、宿命通、天眼通。

身通者變義，天耳者越人耳義，他心智者了他意義，宿命者憶前生義，天眼通者過人眼見。

問：幾種變？阿誰修變？云何應起變？
答：變有三種，謂受持變、作變、意所作變。
云何受持變？
彼坐禪人以一成多，以多成一，以身增長乃至梵世，此謂受持變。
云何作變？
彼坐禪人捨自性身現童子形，或現龍形，或現梵王形，如是等，此謂作變。
云何意所作變？
彼坐禪人從此身化作餘身，隨意所造一切，身分諸根具足，此謂意所作變。

注釋

❶**神通**：梵文Abhijña，又譯神力、通力、力等。指行者實行四禪之後，所獲得的一種不可思議的力量。佛教裏有五神通或六神通幾說。本《論》持五種之說。

譯文

問：如何當起變？

答：比丘要修欲定勝行相應如意足、精進定、心定、慧定……。如意足者，指爲了追求如意的目的而修行作道，並只以這種目標爲唯一的道路，這就是如意足。

其次，修習欲定而得到欲定勝行的成就，這就是如意足。爲了修得證如意足，坐禪人在最初開始修習時，應該多多修行如意足法，這就是修習欲定勝行成就如意足。

坐禪人在現時修行時，以方便爲法門，（定心）或者退（縮），或者（滯）住，此時唯以精進爲手段，使心裏生起精進心，演成精進定勝行成就如意足。如果坐禪人因方便修習，出現心遲、退（縮）、驚怖等症狀，這時應該針對這些症狀採取措施，心遲時作速（行）相意念，心退（縮）時作定心（想），心驚怖時作捨（平等）相，於是此時心成爲心定勝行成就如意足。

坐禪人修習四種如意足，以此生起自在心，於是其身隨心動，其心也爲遂其心願，坐禪人這時眞的做到了安身於心和安心放身的情況，以及由身而出現心變，由心而得以身變，和由身心而受持，由心身而受持的多種情形。

此時，坐禪的人欲生起隨意所造（作）變（化），應該處於心得自在之境界，修習如意足，然後進入第四禪境，再安詳自然出第四禪，對自己的身體內部作意念活動，把它看作猶如一個空瓶。坐禪人起此意念活動後，把自身視作空（無）。又隨體內所著的樂而變化，隨順其當然的成就而轉變，轉爲以智（慧）受持，再隨順當然的成就來作意，演爲隨相似狀態，於是以此方便法門行多作變化，作了變化則成就了作如意足行動。

坐禪人如是以修習心淸白的活動，讓耳界修得淸淨，會使心的活動得以增加。

坐禪人若得天耳界淸淨，於是有超過人耳聽聞天的聲音和人的二種聲音，此二聲中天聲遠，人聲近。正如先師所說，剛開始坐禪的人，首先聽到的是自己的聲音，其次再聽到身外其他衆生的聲音，再次聽到自己所住地方的周圍衆生聲，於是對這些聲音次第作意念，以增長自己的聽力。

再說初時修坐禪的人，則不能夠如此先聽聞自身的聲音，亦聽不到衆生的聲音。

爲什麼？

因爲坐禪人不能聽細（微）的聲音，他只是以其耳自性來聽，而不是依靠達到境界後所體驗到的聲音。於是初習坐禪的人要遠離螺（鑼）鼓聲，此聲應以依靠耳自性而得到，如是禪者用天耳智（慧）來作意念想各種聲（音）相，使生起天耳智（慧）。

原典

問：云何當起變？

答：此比丘修欲定勝行相應如意足、精進定、心定、慧定……。如意足者，爲得如意作道，唯彼法如意足。

復次，是欲定勝行成就，此謂如意足。爲得如意，以初義修者，修彼法多修，此謂修欲定勝行成就如意足。

彼坐禪人如是現修是其方便，或退或住，彼以精進令起，成精進定勝行成就如意足。若彼方便遲，若退、若驚怖，彼心遲作速相意，若心退作定心，若心驚怖作捨相，彼成心定勝行成就如意足。

彼坐禪人修四如意足，以作自在心，其身隨心，其心成隨身。彼坐禪人於時安身於心，安心於身，以由身心變，以由心身變，以由身心受持，以由心身受持。爾時，坐禪人欲起意所造變，如是心得自在，修如意足，入第四禪安詳出。於其身內作意，猶如空瓶。彼坐禪人如是作意，於空自身內隨其所樂爲變化，隨其當成轉，已轉以智受持，隨其當成，如是作意，成隨相似，以此方便多作變化，作變化已成行。

彼坐禪人如是以修行心清白，以耳界清淨，令心行增長。彼坐禪人以天耳界清淨，過人耳聞兩聲，所謂天聲、人聲，或遠或近。於是先師說，初坐禪人先聞於自身衆生聲，從此復聞身外衆生聲。從此復聞依所住處衆生聲，如是次第作意增長。

復說，初坐禪人不能如是先聞自身衆生聲。

何以故？

不能聞細聲，以自性耳非境界。初坐禪人遠螺❶鼓等聲，彼聲依自性耳，以天耳智應作意於聲相，令起天耳智。

注釋

❶螺，應爲「鑼」。

譯文

初時修禪的人如是修習四如意足法，以心處於心得自在的境界，用清白不動入光（明）攝一切入的念想作意，於是在第四禪境界之後而安詳再出。禪者最初以作意讓光（明）充滿全身，用天眼見到自心意（念）的顏色，可知這是依待顏色意識而緣起的（心識）。於是亦可以知道以自心的變化而決定看見（顏）色的變化，以此說明了此種（顏）色是從喜根緣起，此種顏色是從憂根緣起，此種（顏）色是從捨（平等）根緣起。如果色意識與喜根相應心現刻緣起，則禪者的意念色是如酪酥的白色。如果與憂根相應心現刻緣起，其色則成紫色。如果與捨（平等）根相應心現刻緣起，其色則爲蜜（糖）色。如果與愛欲相應心現刻緣起，其色爲黃色。如果與瞋恚相應心現刻緣起，其色則成黑色。如果與無明相應心現刻緣起，其色爲（渾）濁不清的顏色。如果與信相應心和智相應心現刻緣起，其色爲清徹透明的清色。

如是坐禪人以自身的變化來分別顏色的變化。此時，以光（明）相使充滿他人的身上，又以天眼（智慧）來窺見他人心裏意想之顏色，坐禪人再以自心的變化來分別顏色的變化，或以顏色的變化來分別心的變化，於是用分別的方法而緣起特殊的認識能力或洞察力——他心智，生起他心智後，已不再需要分別顏色變化的能力了，此時唯有依靠心理意識來進行他心智活動。

問：應該怎樣來生起憶宿命智（的神通）。

答：初習修禪的人是以修四種如意足法，以信（心或信仰）而得自在。心自清白及身體不動，依靠現場處打坐，將一天所經歷的事情，即身體所做的行爲，思想所想的念頭，口裏所說的話全部憶念出來。再將夜裏所做的事，昨天、前天及一個月來所做的事情，乃至去年、前年、大前年、百年前乃至初生所做的事情等全部憶念出來。

此時，坐禪人的過去長久遙遠的心和心數法的活動後，來再次生起，心、心數法活動現在生起，依靠初時的心、心數法而得以生，並以心來相沿續生。於是現在觀察因緣，憶（念）識遷遷流轉，現在和過去具足不斷，於是憶（念）識於此世（現在）

生起，於彼世（過去）生起。

原典

初坐禪人如是修四如意足，以心得自在，清白不動入光一切入，於第四禪安詳出。從初以光令滿其身，以天眼見其自心意色，此依色意識起。如是知以自心變見色變，此色從喜根所起，此色從憂根所起，此色從捨根所起。若與喜根相應心現起，意色如酪酥色。若與憂根相應心現起，成如紫色。若與捨根相應心現起，成如蜜色。若與愛欲相應心現起，成如黃色。若與瞋恚相應心現起，成如黑色。若與無明相應心現起，成如濁色。若與信相應及智相應心現起，成如清色。

彼坐禪人如是以自身變，分別色變。爾時，以光令滿他身，以天眼見他心意色，彼以心變分別色變，以色變分別心變，如是分別起他心智已，起他心智除色變分別，唯取心事。

問：云何應起憶宿命？

答：初坐禪人如是修四如意足，以信得自在。清白至不動，從現坐處，於一日所作事，或以身、或以意、或以口，憶一切事，如是於夜所作，如是一日、二日，次第乃至一月，憶彼一切事，如是二月所作事，如是次第乃至一年所作事，如是二年、三年、百年所作事，如是乃至初生所作事，憶彼一切。

爾時，久遠過去心、心數法有後生，心、心數法現生，依初心、心數法得生，以心相續生。現觀因緣，憶識流轉，兩俱不斷，於此世生，於彼世生。

分別慧品第十

譯文

問：慧是什麼意思？追求波若（智慧）可得到哪些功德？波若有幾種？

答：禪者意想某事即能如實知見，這就是般若。

其次，對（衆生）作意饒益（自己富足充實，又廣利益於他人）、不饒益，作意莊嚴相，這就是波若。正如論中所說。

問：什麼是波若？

答：波若（般若）就是（智）慧，是智（力或知識），是（正確地）選擇佛法，隨其所觀察，於是生起妙不可言的妙相。坐禪人因爲擁有擇法妙相觀想，於是頭腦變得更加聰明，能夠洞曉分別（諸事），其思惟也朝著佛教大道運轉，發生極大的變化，由此而自然順利地牽出正（確）智（慧）的體悟。所以，慧鉤、慧根、慧力、慧仗、慧殿、慧光明、慧燈、慧（眞）實、不愚癡及擇法得到正（確）（佛）法見解，這就是波若。

如通達爲慧的相狀，擇法爲慧的作用，不愚癡爲慧的生起，苦、集、滅、道四諦是慧的近因。再者，直接顯了法義光明爲慧的相狀，入眞正之法爲慧的作用，消除無明遮障之闇淡是慧的生起，四種無礙辯（法無礙、義無礙、辭無礙、樂說無礙）即通過掌握了佛教的智慧，可以正確解釋教法、懂得教法義理、用方言闡述教法以及樂於爲衆生宣講佛法，此爲慧的近因。

原典

問：慧者何義？幾功德爲得波若❶？幾種波若？

答：意事如見，此謂波若。

復次，作意饒益❷不饒益，作意莊嚴，此謂波若。如阿毘曇中說。

云何波若？

是波若、是慧、是智，是擇法妙相隨觀。彼觀聰明曉了分別，思惟見大易，悟牽正智。慧鉤、慧根、慧力、慧仗、慧殿、慧光明、慧燈、慧實、不愚癡、擇法正見，此謂波若。

如達爲相，擇爲味，不愚癡爲起，四諦爲處。復次，了義光明爲相，入正法爲味，除無明闇爲起，四辯❸爲處。

注釋

❶**波若**：梵文prajñā之音譯。又譯般若、鉢羅若等，意譯智慧、智、慧等。全名般若波羅蜜多（prajñāpāramita）。指通過對世俗認識之否定，取得佛教之智慧，而達到涅槃之彼岸。大乘佛教「六度」之一。其特點是以緣起性空爲基本理論，認爲世界之事物皆爲因緣和合而生，故無固定自性，亦虛幻不實。而超越此認識，即得般若，故「般若」非世俗之人擁有，只有成佛之人才能獲得。這裏的「波若」爲小乘的說法，以擇法正見爲特點，不同於「緣起性空」波若。但它又包含了利他饒益的思想，表明這時可能受到大乘佛教的影響。

❷**饒益**：既富足又利他人。

❸**四辯**：即四無礙解，又云四無礙智、四無礙辯。佛教認爲，諸菩薩說法，以意業爲

解，以口業爲辯。故有四種情形，即爲法無礙，所作文句於教法無礙，並能正確解釋教法；義無礙，能夠懂得教法之義理，而不迷悟；辭無礙，可以用各種方言來闡述教法，又云詞無礙。上述三種無礙經掌握後，於人宣說，樂於衆生說自在，故樂說無礙，亦名辯說無礙。

10 卷十

五方便品第十一之一

譯文

問：什麼是色陰？

答：四大（地、水、風、火）是色陰，因爲色（物質）是由四大所造出的。

問：爲什麼說色是由四大所造出的？

答：因爲色陰中的眼入、耳入、鼻入、舌入、身入，色入、聲入、香入、味入、女根、男根、命根，身作、口作、虛空界、色輕、色軟、色堪受持、色增長、色相續、色生、色老、色無常、揣食、處色、眠色等諸種身體、心理的情況無不由四大所造出。

問：什麼是眼入？

答：世人用眼睛看見色而與之相對應，依此則眼識生起，這就是眼入。

其次，依眼睛的肉團可以知道它們由白色的眼白、黑色的眼珠及黑色的眼仁等三個圓狀物組成，此中以肉、血、風、痰、唾依次五重（層）在內部相住，其（眼仁）小如半個芥子，（眼白）大如蝨子頭，並依靠初次業行（活動）始生成，故由四大所造作，以火大的成分佔最多，這種（火的）清淨色，亦就是眼入。正如大德舍利弗所說的，以眼識清淨看見諸種色（物質），有的小，有的微（細），其感覺猶如從不同的窗戶格來窺視物體一樣。

問：什麼是耳入？

答：世人用耳朵來聽聲音，於是耳朵與聲音相對應，依此則耳識生起，這就是耳入。

其次，二耳有二個孔，孔周圍布有毫毛，依靠耳膜而住，猶如青豆的莖。它們亦是由初次業行（活動）所造出，含空大的成分最多，爲四大所造的清淨色（物），因此亦就是耳入。

問：什麼是鼻入？

答：世人用鼻聞香味，於是鼻與香味相對應，依此則鼻識生起，這就是鼻入。

其次，鼻孔中（的肉、骨、毛）三種和合，依靠纖細的鼻孔而住，猶如拘毘陀羅（黑檀木之一）的形狀。它們亦是由初次業行（活動）所造，含風大的成分最多，為四大所造出的清淨色（物），此也是鼻入。

問：什麼是舌入？

答：世人用舌嚐味道，於是舌與味相對應，依此則舌識生起，這就是舌入。

其次，舌肉有二指寬的尺寸而住，猶如欝波羅花（曇花）的形狀。它們亦是由初次業行（活動）所造出，以水大的成分為最多，為四大所造出的清淨色（物），此亦是舌入。

問：什麼是身入？

答：世人因身體而有相接觸的感覺，於是身體與觸覺相對應，依此則身識生起，這就是身入。

其次，除了毫毛、頭髮、指爪、牙齒不在身內之外，其餘身體上的一切，均由身攝受，由初次業行（活動）所造作的清淨色（物），此亦是身入。

以上可知，可以看見色的，是謂色入。
與聲音相對應，可以聞聽聲音的，是謂聲入。
與香之氣味相對應，是謂香入。
與味相應，可以嚐味的，是謂味入。
廣而推之，還可以知道，是女性的則是女根，是男性的則是男根。
是隨著守護自己所作的業行，因而生成了色（物質）的活動，這是命根。
是以通過身體而使之顯現了諸種行爲或行動，則被稱爲行，亦謂之身作。
是以通過口來宣說使之顯現了諸種行爲或行動，則被稱爲行，亦謂之口作。
是與色（物質）相分別或相區別的，則謂之虛空界。
是因色（物質）具有輕的特徵，則謂之色輕。
是因色（物質）具有軟的特徵，則謂之色軟。
是因色（物質）的堪（能夠）使之受持的特徵，則謂之色堪受持。
如是色輕、色軟、色堪受持的三種特徵，統稱爲身不懈怠性。
是因爲各種入（例如眼入、耳入、鼻入、舌入、身入、色入、聲入、香入、味入等）相聚一起，此謂色聚。

又因爲色聚，故又稱之爲色相續。

於是因色使之（事物）生起，是謂色生。

因爲色使之（事物）變得成熟，是謂色老。

因爲色使之（事物）腐敗破壞，是謂色無常（性）。

衆生因以氣味而得以生立，這裏所謂的「氣味」是指能使衆生的生命得以延續，即能夠給予人類賴以生存的空氣或食物等營養物，故謂之爲氣味揣食。

色還依賴於界（能保持自性的物質，即十八界）和意識界而生起，因此亦稱之爲界處（之）色。

若是諸種界（自性）懈怠，則被稱之爲睡眠色（物）。

以上所說的眼入、耳入、鼻入、舌入乃至色生、色老、色無常、揣食、處色、眠色等共計有二十六種，是二十六種由四大所造的色（物），再加上地、水、火、風之四種「大」，合計而成三十色。

原典

問：云何色陰？

答：四大、四大所造色。

云何四大所造色？

眼入、耳入、鼻入、舌入、身入、色入、聲入、香入、味入、女根、男根、命根、身作、口作、虛空界、色輕、色軟、色堪受持、色增長、色相續、色生、色老、色無常、揣食、處色、眠色。

云何眼入？

以是見色有對，依彼眼識起，此謂眼入。

復次，依眼睛肉揣白黑眼珠三圓，於肉、血、風、痰、唾五重內住，如半芥子，大如蟣子頭，初業所成，四大所造，火大最多，此清淨色，謂爲眼入。如大德舍利弗所說，以眼識清淨見諸色，或小或微，如牖柯喻。

云何耳入？

以是聞聲，於是聲有對，依耳識起，此謂耳入。

復次，於二孔赤毛爲邊，依膜住如青豆莖，初業所造空大最多，四大所造清淨色，此謂耳入。

云何鼻入？

以是聞香，於是香有對，依鼻識起，此謂鼻入。

復次，於鼻孔中三和合依細孔住，如拘毘陀羅❶形，初業所造，風大最多，四大所造清淨色，此謂鼻入。

云何舌入？

以是知味，於是味有對，依舌識起，此謂舌入。

復次，於舌肉上，兩指大住，如欝波羅花❷形，初業所造，水大最多，四大所造清淨色，此謂舌入。

云何身入？

以是覺觸，於是觸有對，依身識起，此謂身入。

復次，除毛、髮、爪、齒，所餘不受，於一切受身，初業所造，地大最多，四大所造清淨色，此謂身入。

是可見色，此謂色入。

是有對聲，此謂聲入。

是有對香，此謂香入。

是有對味，此謂味入。

是女性，是女根。是男性，是男根。

是隨守護業所成色，此謂命根。

是以身令現諸行名行，此謂身作。

是以口令現諸行名行，此謂口作。

是色分別，此謂虛空界。

是色輕性，此謂色輕。

是色輭❸性，此謂色軟。

是色堪受持性，此謂色堪受持。

此三種是身不懈怠性。

是諸入聚，此謂色聚。
是色聚，此謂色相續。
是色令起，此謂色生。
是令色熟，此謂色老。
是色敗壞，所謂色無常。
以氣味衆生得立，此謂氣味揣食。
色依界及意識界起，此謂界處色。
是諸界懈怠，此謂睡眠色。
此二十六所造色及四大，成三十色。

注釋

❶**拘毘陀羅**：又作俱毘陀羅、拘鞞陀羅，梵文爲kovidāra，爲黑檀木之一。

❷**欝波羅花**：梵文爲Udmbara，又譯優曇、優曇鉢、優曇婆羅、烏曇跋羅、鄔曇鉢羅等，屬無花果類，產於南亞地區。花樹千高丈餘，葉有二種，一平滑、一粗糙，皆

長四、五寸，形如梨。花有雌雄兩種，平時隱於花托中，不易察覺。有時花亦大開，但難得一次。花托（又名果）大如拳，形如拇指，通常數枝叢聚。其果可食，味甘而劣。現中國雲南等地人將其花與雞、肉等同煮，據說有滋陰壯陽之用，對經血虧盈之女性尤其有效。又由於其花難開，故佛教稱爲靈異、瑞應，曰「三千年一次，（轉）輪王出世，花則現」，即曇花一現也。

❸輭，應爲「軟」字。

譯文

問：既有四大，又有四大所造的色，那麼這二種（物）存在著哪些不同的地方或差別？

答：二者的差別是：四大依靠四因，即業、心、時、食四種因緣起共生。四大所造的色則是依靠四大所緣生。但是四大所造色雖依靠四大緣生，然並非要完全依托四大來主事，亦必須要依靠非四大所造色之物來行事。所以，四大與四大所造的色二者間的差別，可以用一個形象直觀的譬喻加以說明，即將三根竹杖捆扎成一個三角形，使之相互倚立，這個倚立的竹杖我們把它看作是四大，於是，由此倚立的竹杖在光線的照耀下所得到的影子，則是四大所造的色。(二者屬於主客派生的關係）這就是它們的差別。

原典

問：四大及四大所造色，云何差別？

答：四大依四大❶共生。四大所造色依四大生。四大所造色非四大所依，亦非四大所造色所依。如三杖得倚，如是四大可知。如三杖影倚，如是四大所造色可知。此謂差別。

注釋

❶大，疑爲「因」字，即四因。後面譯文採此說法。

譯文

問：怎樣來以一種（認識）而進行分別？

答：一切色非（原）因，非無（原）因，與（原）因不相應。它既有緣（條件），又有爲（變化），爲世間所攝入。又有漏（煩惱），還有（束）縛。又有（纏）結，還有流（轉）。又有厄（災），還有諸蓋。與之接觸有六趣、有煩惱、有無記（既非善又非惡）、無事、非心數（非心理現象及精神現象），與心不相應。在欲界（心）不安定，不與載起。不與樂共起，不與苦共起，不與不苦不樂共起。不使之聚積，非不使之聚集。非學（習），非非學（習），非（由看）見來所（判）斷。非（依靠）思惟而所（決）斷。

於是以一種認識而以得知。

以上是說色陰完畢。

原典

問：云何以一種當分別？

答：一切色非因非無因，因不相應，有緣有爲，世所攝，有漏有縛，有結有流，有厄有蓋，所觸有趣、有煩惱、無記❶、無事，非心數、心不相應，小欲界繫不定非乘，不與樂共起，不與苦共起，不苦不樂共起，不令聚，非不令聚，非學非非學，非見所斷，非思惟所斷。

如是以一種所勝可知。

此謂色陰。

注釋

❶**無記**：梵文Avyākṛta，謂不可斷定，不下判斷。此處指於善、惡兩性之外的非善非惡之「無記」性，實爲宗教道德和人思想認識行爲，以及宗教實踐之境界。

譯文

問：什麼是行陰？

答：行陰有觸、思、覺、觀、喜、心、精進、念、定、慧、命根、蓋、不貪、不瞋、慚愧、猗、欲、解脫、捨、作意、貪、瞋、恚、無明、慢、見、調戲、疑、懈怠、無慚、無愧等內容。總之，除了受（陰）和想（陰）之外，一切心數（心理現象及精神現象）都可攝入行陰。

於是下面解說各種概念和內容。觸者，是說心裏觸想某事。例如，太陽光照在牆壁上，則光線是觸想，牆壁是想的對象。

思者，指心裏活動。例如，修建房屋打基礎，故思則是好比在基礎工程中的房門基礎部分，即爲心門。

覺者，是屬於口作的行爲，例如，以心裏默誦佛經，是覺想的近因。

觀者，是心裏觀察諸事，例如隨順思惟（心理活動），其覺是觀的近因。

喜者，是心裏歡喜，猶如人得到了喜愛的東西，內心高興而踴躍，是喜的近因。

心者，是指心清純，例如說咒。使水變清，解脫四果之一的須陀洹果是其近因。

精進者，是指心力勇猛，猶如強壯之牛堪忍負重，出家人所用的三衣、鉢盂、坐具、漉水袋、針線、斧子等八種生活用具是精進的近因。此八種又名「八事隨身」。

念者，是(一)心守護，猶如手持油鉢行路，精心照料看護，使之不外溢。四念處是念的近因。

定者，是心注專一，猶如佛殿裏的油燈，風不吹它，專注燃燒照耀。四禪是定的近因。

慧者，是心中如實知見，持有正確的見解。猶如人有眼睛看物。四聖諦（苦、集、滅、道）是慧的近因。

命根者，是無色法，即非物質之物，掌管了衆生之壽命，猶如欝波羅花（無花果）之汁，長住於花身。名（精神）和色（物質）是命根的近因。

蓋者，是心爲惡，遠離了止（禪定、心一處、不作惡）。猶如世人津津樂於追求生命，而遠離有毒的東西。四禪（初禪、二禪、三禪、四禪）是蓋的近因。

不貪者，是心的捨（平和），不執著，猶如得到解脫，遠離是不貪的近因。

不瞋者，是心胸開闊，不產生瞋怒，猶如貓的皮光滑平整。四無量（慈、悲、喜、捨）心是不瞋的近因。

慚者，是心對作惡行感到羞恥。猶如人們憎惡屎尿骯髒惡臭。故人的自身是慚者的依靠近因。

愧者，是心對作惡感到畏懼，例如百姓害怕官吏，下級畏對上級。塵世是愧的近因。

猗者，是心紊亂動搖的情況滅盡。猶如在赤日炎炎的夏天，面對撲面而來的熱浪，於是人用冷水洗浴沖涼，心裏愜意痛快。所以喜是猗的近因。

欲者，是心樂於作善事。例如有人相信檀越（施捨）。四如意（四種神通）足是其近因。

解脫者，是心理活動的深邃曲折。猶如湍急的水流深處，尚不能測。覺觀是解脫的近因。

捨者，是內心平穩，不去不來。猶如商人手執稱桿，心中有數，不慌不忙。精進努力是捨的近因。

作意者，是心裏按照法則或意願而生起的念想。猶如人行使施捨的行爲。於是善行與不善行是作意的近因。

貪者，是心不滿足，總要攝受或占有。猶如執著於我身或者是美麗的小鳥，認爲可愛可樂。這可愛可樂就是貪的近因。

瞋恚者，是內心激動，控制不住，發怒生氣。猶如瞋恚的毒蛇，不斷伸出毒舌，嗚嗚作響，怒氣冲冲。十種瞋恚是瞋恚的近因。

無明者，是心因受到遮蔽的原因，不能明察知見。猶如盲人看不見任何東西。四種顛倒（常、樂、我、淨）是無明的近因。

慢者，是心舉持高，凌視他人。猶如撲打他人。有三種是慢的近因。

見者，是心妄計執取，猶如盲人摸象，只見局部，不見整體。聽從別人的意見，不加以正確地分析和憶想是見的近因。

調者，是心不寂靜。猶如滾沸的水開個不停。所以速精進是調的近因。

悔者，是心力的後退，猶如喜愛不潔淨的地方，於是作惡行後善心退走是悔的近因。

疑者，是心不專一的執取某物或某事，例如有人遠行到外國，同時取道二條路。故不正確的作想或不正確的作意念是疑的近因。

懈怠者，是心的懶墮，不思進取，例如蛇每逢冬季時開始藏蟄（冬眠）。所以八懶是懈怠的近因。

無慚者，是心裏作了惡念或惡行，但卻不感覺到羞恥。猶如栴陀羅人（賤人）。所以不恭敬是無所慚的近因。

無愧者，是心作惡念或惡事之後，不感到畏懼。猶如凶惡的國王不憚畏懼心。故六種不恭敬是無愧的近因。

以上將行陰的內容解說完畢。

原典

問：云何行陰？

答：觸、思、覺、觀、喜、心、精進、念、定、慧、命根、蓋、不貪、不瞋、慚愧、猗、欲、解脫、捨、作意、貪、瞋、恚、無明、慢、見、調戲、疑、懈怠、無慚、無愧，除受、想，一切心數法行陰。

於是觸者，是心觸事，如日光觸壁是其想處。

思者是心動，如作宅足種法，是其事門足處。

覺者是口行，如以心誦經，是彼想足處。

觀者是心觀事，如隨思義，是其覺足處。

喜者是心歡喜，如人得物，是其踊躍足處。

心者是心清，如呪令水清，彼四須陀洹❶分足處。

精進者是心勇猛，如壯牛❷堪重，彼八事❸處足處。

念者是心守護，如持油鉢，彼四念處足處。

定者是心專一，如殿裏燈，彼四禪足處。

慧者是心見，如人有眼，彼四聖諦足處。

命根者是無色法，是壽命，如欝波羅水，彼名色足處。

蓋者是心惡止離，如人樂命離毒，彼四禪行足處。

不貪者是心捨著，如得脫責，彼離出足處。

不瞋者是心不瞋怒，如猫皮，彼四無量足處。
慚者是心羞恥於作惡，如憎惡屎尿，彼自身依足處。
愧者是心畏於作惡，如畏官長，彼世依足處。
猗者是心動搖滅，如夏熱人冷水洗浴，彼喜足處。
欲者樂作善，如有信檀越❹，彼四如意足處。
解脫者是心屈曲，如水流深處，彼覺觀足處。
捨者是心不去來，如人執稱，彼精進等足處。
作意者是心令起法則，如人執施，彼善不善足處。
貪者是心攝受，如我鳥，彼可愛可樂色足處。
瞋恚者是心踊躍，如瞋毒蛇，彼十瞋恚處足處。
無明者是心無所見，如盲人，彼四顛倒足處。
慢者是心舉，如共相撲，彼三種足處。
見者是心取執，如盲人摸象，彼從他聞聲不正憶足處。
調者是心不寂寂，猶如沸水，彼速精進足處。

悔者是心退，如愛不淨，彼以作惡善退足處。

疑者是心不一取執，如人行遠國或於二道❺，彼不正作意足處。

懈怠者是心懶墮，如蛇藏蟄，彼八懶處足處。

無慚者是心於作惡無羞恥，如栴陀羅人❻，彼不恭敬足處。

無愧者是心於作惡無畏，如惡王，彼六不恭敬足處。

此謂行陰。

注釋

❶**須陀洹**：巴利文Sotāpatti。指佛教徒修行之後，所取得的四種正果之一，故稱「須陀洹果」。按佛教說法，此果與戒學相對，又名「戒圓滿」。

❷**壯牛**：強壯之牛。

❸**八事**：出家僧人應隨身攜帶的八種生活用具，即三衣、鉢盂、坐具、漉水袋、針線、斧子等八種。因之又名「八事隨身」。

❹**檀越**：梵文Dānapati，又譯「陀那鉢底」，謂施主。

❺**二道**：意謂二條不同的路。
❻**栴陀羅人**：梵文Caṇḍala，古印度種姓制度社會中四種姓之外的「賤人」，以屠宰爲業，社會地位很低，受人歧視。

譯文

問：什麼是識陰？
答：識陰有眼識、耳識、鼻識、舌識、身識、意界、意識界等內容。
眼識者，是依靠眼睛與色（物質）相互緣起而生出的識。
耳識者，是耳朵與聲音相互緣起而生出的識。
鼻識者，是鼻與香味道相互緣起而生出的識。
舌識者，是舌頭與（甜、鹹、苦、辣）等味道相互緣起而生出的識。
身識者，是身體與物接觸相互緣起而生的識。
意界者，依靠色、聲、香、味、觸五種事（活動）和依靠心、心所法二種事（活動或現象）而得以成立。眼識、耳識、鼻識、舌識、身識之五種識若按照前後次第依次生起的識，就是意界，亦即意識。

意識界者，除了眼識、耳識、鼻識、舌識、身識和意界（識）之外，其餘的心即是意識界。

原典

問：云何識陰？

答：眼識、耳識、鼻識、舌識、身識、意界、意識界。

於是眼識者，依眼緣色生識，是謂眼識。

耳識者，依耳緣聲生識，是謂耳識。

鼻識者，依鼻緣香生識，是謂鼻識。

舌識者，依舌緣味生識，是謂舌識。

身識者，依身緣觸生識，是謂身識。

意界❶者，依處五事❷、依二事❸。五識若前後次第生識，此謂意界。

意識界者，除此六識，餘心，此謂意識界。

注釋

❶**意界**：即意識，佛教所說的一種具有感覺能力的認識。

❷**五事**：謂色、聲、香、味、觸五種。

❸**二事**：謂心、心所法二種。

譯文

問：怎樣來說明處或事？

答：因爲有眼識、耳識、鼻識、舌識和身識之五種識而有種種處和種種事。意界和意識界二者爲一處，其中意界有色、聲、香、味、觸五種事，意識界有色、聲、香、味、觸、法六種事。

眼識、耳識、鼻識、舌識和身識五種識，對內主持或管理內部各處，對外從事與外界的活動之聯繫；對內管理或控制與外部聯繫的各處，對外與意識界相接續；對內管理或控制與外部聯繫的各處，故進行的是內部的活動，亦是外界的活動。

第六識者（意識），是（心）的初次生起處，初生時接續意識界，於是第六識進入身體，與身體刹那之間共同緣生處。初次生起之處，是由於有了無色（非物質），才有了無處之一切事（活動）。

如是上述的以處事的道理可以知曉了。

原典

問：云何以處事？

答：五識種種處、種種事。意界及意識界一處，意界五事，意識界六事。

五識者，內法❶內處，外事外界；內法外處，外事意識界；內法外處，內事亦外事。

六識者，初生處，初生事意識界，於入體刹那共生處。初以生處，於無色有無處一切事。

如是以處事可知。

注釋

❶法：指主持或管理之能力。

譯文

問：怎樣說明事（緣生）呢？

答：眼識、耳識、鼻識、舌識、身識之五種識都有各自相應的境界，並受其境界影響。故五種識的緣生並非是依照前後的次序一一次第而生起，它們既無前，亦無後。五種識共同緣生，而不是分散單個緣起生出，五識不知道所有的法（存在），餘下初次生起時，意界（即意識）不知道所有的法（存在）。餘下意界（識）發生轉化，以第六識不安於持守戒律的威嚴之儀，於是要迅速使其安定。

以第六識不去受持身體的活動和口的說話；以第六識不接受善或不善的活動，這時要迅速地讓它受持；以第六識久久不能進入定的境界，不起安詳的情形，於是要它迅速入定，再後生起安詳；以第六識沒有終止，亦不生出，於是它或者後起（它種心理狀態），或者就以現事而終斷，以果報由意識界生出；以第六識處於不眠，不覺起，不見於夢等情形，又以後出的眠，以轉變成意（念）的覺起，以迅速而被夢見。

如上述的以事的道理可以知曉了。

原典

問：云何以事？

答：五識一一受其境界，非一一次第生。不前不後，生不散起，以五識不知所有法。除❶初起，以意界不知所有法。除意轉，以六識不安威儀，以迅速安之。以六識不受持身業、口業；以六識不受善不善法，以迅速受之；以六識不入定，不安詳起，以迅速入定，以後分安詳；以六識不終不生，或以後分，或以彼事終，以果報意識界生；以六識不眠不覺不見夢，以後分眠，以轉意覺，以迅速夢見。

如是以事可知。

注釋

❶除，通「餘」。

譯文

問：怎樣說明以法（義理）見識？

答：眼識、耳識、鼻識、舌識、身識之五種識有覺（想）有觀（察）。意界（意識）有覺（想）有觀（察）。意識界亦設有覺（想）有觀（察），但又設有無覺（想）少觀（察）、無覺（想）無觀（察）。

五種識與捨（平等）一起共同活動。身識與樂一起共同活動，亦與苦一起共同活動。意識界設有與喜共同在一起，又設有與憂共同在一起，又設有與捨（平等）共同在一起。

五種識活動而產生的果報（後果），在意界（意識）裏得到反映，因之意界（意識）亦就設有果報，設有方便（隨順示法）。意識界則設有善、設有不善、設有果報、設有方便等種種情況。第六識（意識）係無因（沒有原因）而生起的。

問：怎樣來說明以緣而生識？

答：衆生的眼與眼所見的色與光線相互緣生，作意之後而生眼識，於是眼者即爲眼識，它們是以四種緣（條件）而成爲緣起關係的。

最初緣生時，依靠根，即眼根與色相互緣生，此乃以三種緣（條件）而成緣起。

最初緣生時，依靠事（活動）爲緣，如眼與光相緣起而生，這亦是以三種緣而成緣起。

最初緣生時，依靠緣爲緣，如生起眼識時的作意，這是以二種緣而成緣起。最後再有一種情況是非有緣而生起。

衆生的耳以聲音、空間、作意爲條件，於是獲得耳識的生起。

根據這種分別知見的方法，我們還可以分別推知，鼻以香味、風、作意爲條件，於是得到鼻識生起。舌以（嚐）味、水、作意爲條件，於是生起舌識。身體與（物）接觸，以觸來作意，乃緣生起身識。意（心理活動）以法、解脫、作意爲條件，可以得生意識。於是我們知道「意」實際上是後來出現的心理現象和活動，我們且把它稱之爲「後分心」。而「法」是指有關佛法的事情或活動。

專心者，是指修行者在修習活動中，集中精力，全部投入，於是他的思想和情感將隨著其按照佛教所要求的規定和內容去活動，顯現了佛教的義理。

作意者，是說修習者在意（識）門（範圍）內作轉換意念或者意想的思惟活動。意識者是速心，即心理活動進一步深入，於是由此可知，意者實爲意識，以依緣而成緣起。

法者，則是以事緣而成緣起。

解脫者，則是以依緣而成緣起。

作意者，以二種緣而成緣起，此二緣是次第緣和有緣。

如是以上可知以緣而生起識。

問：怎樣說明以夾（特殊）勝心而生起？

答：因爲依靠眼（根）門而成立三種情況，由此而出現了夾持上、中、下三種不同的活動。

對於最上一種活動而言，因眼（根）門夾持的作用，可以生出七種不同心識之認識。衆生因作惡業的緣故，沉淪於阿毘地獄，依從有分心、轉見心、所受心、分別心、令起心、速心、彼事心七種心而活動。

於是有分心者，是說生命當中的根本心識（有根心）處於靜謐不動的狀態，但它仍在延續，如牽如縷，絲連不斷。

轉心者，因爲眼（根）門見色或諸事而夾持的緣故，以夾持之緣展轉活動於各種界（即欲界、色界、無色界等），依於有分心處而成立並生起。

按照有分心的活動次第順序，有分心因眼見色和諸種事物形成的映象，於是轉化生起轉心。

轉心再次第順序依靠眼的活動相應轉變，於是在現實中得見，如是生起見心，故名轉見心。見心次第已如前面所說可見，於是以心現刻受持而生起受心。

受心次第順序以受持之義，於是現刻分別而生起分別心。

分別心次第順序以分別之義，於是現刻使心令起，而生起令起心。

令起心次第順序以令起爲義，於是再由業（活動）而決定生起速行心。

速行心次第順序以（迅）速行（動）爲義，不以依靠方便法門而作，於是而生起了由進行某事之後隨即而來的果報心，又名彼事心。

最後再由果報心重新度回到有分心。

問：以上各心應當怎樣做譬喻說明？

答：猶如有一位國王將城門關閉後，在城內宮殿的睡榻上躺臥，傴僂的侍女正在給國王按摩雙脚。王后在國王邊上坐著，衆位大臣和內閣百官列隊站在國王的前面。一位聾人則住在城門旁邊，負責看守城門。這時，一位看守果園的僕人手拎菴羅果（芒果）逕直來到城下敲打城門，國王聽到打門聲驚覺，於是敕令侍女前去開門。侍女領命，打著啞語告知聾人，聾人理解，即刻開門，接過看園人手中的菴羅果交付侍女，轉呈國王。手裏拿著削水果刀的侍女先將菴羅果接下，然後將果子示現於諸位大臣百官，大臣再接下進呈給王后，王后把果子一一洗乾淨，按照生熟程度，進行分類，或熟或生分別擺放，最後將熟的果子貢奉給國王。國王拿到手上開始吃了起來，吃完後說「這個功德是非功德」，隨後又重新躺下。

從上面的譬喻中可以得知。國王開始躺臥，是說有分心生起。

看守果園的僕人手拎菴羅果打門，由是眼（根）門因色和諸種事物夾持可以得知。

國王聽到了打門聲而驚覺起來，敕令侍女前去開門，於是以夾持之緣展轉於各種界，依靠有分心處可以得知。

侍女用啞語手勢告訴聾人把城門打開，於是轉心可知。

聾人奉命打開城門，看見了菴羅果，於是眼識可知。

拿水果刀的侍女，接受了貢品，再將果子示現給大臣，於是受持心可知。

大臣接了果子，再轉給王后，於是分別心得以察覺。

王后將果子洗淨，再按生熟程度分別擺放，然後奉獻給國王，於是令起心可知。

國王吃了果子，於是速（行）心可知。

國王吃了果子後，再重新回到牀榻躺臥，於是重新度回有分心而可以得知了。

當眼門夾持中等活動時，速（行）心將無間隔進度到有分心。當眼（根）門夾持下等活動時，令起心將無間隔進度到有分心。於是以此類推，耳門、鼻門、舌門、身門和意門等諸根門的活動都可以了解了。又因爲意（根）門是心的活動，與眼、耳、鼻、舌、身等身體器官之根門的認識活動不同，所以意門也就不存在夾持的活動，所作意的緣均以解脫爲行動目標。以意門來成就要取得的活動，按照其活動的特點或規律，可以知道在上等活動一事中因意門的特點，將產生三種心識，即有分心、轉心和速（行）心三種情形。因果報心（彼事心）的作用，在中等及下等二種活動中，二事將產生二種心識，即轉心和速（行）心二種情形。

於是因可愛和不可愛的事情中，以種種緣（條件）和種種受（持）活動即可以得知了。以正（確）作意及非正（確）作意來緣起種種善或不善的活動亦可以得知了。

如是以上關於此夾（特殊）勝心之生起的事可以得知了。

原典

問：云何以法？

答：五識有覺有觀。意界有覺有觀。意識界設有覺有觀，設無覺少觀，設無覺無觀。

五識與捨共行。身識設與樂共行，設與苦共行。意識界設與喜共行，設與憂共行，設與捨共行。

五識果報，意界設果報，設方便。意識界設善，設不善，設果報，設方便。六識無因而起。

問：云何以緣？

答：緣眼、色、光、作意，生眼識。於是眼者爲眼識，以四緣成緣。初生依根有緣色者，以三緣成緣。初生事有緣光者，以三緣成緣。初生依有緣作意者，以二緣成緣。次第非有緣。

緣耳、聲、空、作意，得生耳識。以此分別當分別，緣鼻、香、風、作意，得生鼻識。緣舌、味、水、作意，得生舌識。緣身、觸、作意，得生身識。緣意、法、解脫、作意，得生意識，於是意者是後分心，法者是法事。

專心者，心隨如昱❶。

作意者，於意門轉，意識者速心，於是意者爲意識，以依緣成緣。

法者，以事緣成緣。
解脫者，以依緣成緣。
作意者，以二緣成緣，次第緣有緣。
如是以緣可知。
問：云何以夾❷勝心起？
答：於眼門成三種，除夾上、中、下。
於是上事，以夾成七心，無間生阿毘地獄❸，從有分心、轉見心、所受心、分別心、令起心、速心、彼事心。
於是有分心者，是於此有根心如牽縷。
轉心者，於眼門色事夾緣故，以緣展轉諸界，依處有分心成起。
有分心次第，彼爲見色事成，轉生轉心。
轉心次第依眼應轉，現得見生見心。見心次第已見，以心現受生受心。
受心次第以受義，現分別生分別心。
分別心次第以分別義，現令起生令起心。

令起心次第以令起義，由業心速行。

速行心次第以速行義，不以方便，生彼事果報心。

從彼更度有分心。

問：云何譬喻？

答：如王殿上閉城門臥，傴❹女摩❺王足，夫人坐，大臣及直閤列在王前，聾人守門依城門住。時守園人取菴羅果❻打門，王聞聲覺，王勅僂❼女，汝當開門。僂女即奉命，以相貌語聾人言，聾人解意，即開城門，見菴羅菓。王捉刀，女受菓將入現於大臣，大臣授與夫人。夫人洗淨，或熟或生，各安一處，然後奉王。王得食之。食已，即說彼功德非功德，還復更眠。

如是如王臥，如有分心可知。

如守園人取菴羅菓打門，如是眼門色事夾可知。

如王聞彼聲，王覺，教傴女開門，如是以緣展轉界，依處有分心起可知。

如傴女以相貌教聾人開門，如是轉心可知。

如聾人開門見菴羅菓，如是眼識可知。

如捉刀女受彼果將現大臣，如是受持心可知。

如大臣取果授與夫人，如是分別心可知。

如夫人洗淨或熟或生各安一處，然後與王，如是令起心可知。

如王食彼果，如是速心可知。

如王食已說彼功德非功德利，如是彼事果報心可知。

如王更眠，如是有分心度可知。

於是眼門以中事夾，速心無間度彼有分心。以夾下事，令起無間度有分心。如是餘門可知。於意門無事夾，以作意緣以解脫行。於意門成取事，於是於上事三心生，有分心、轉心、速心。彼事心於中及下事二心生，轉心及速心。

於是可愛不可愛中事，以種種緣、種種受可知。以正作意、非正作意緣種種善、不善可知。

如是彼夾勝心起可知。

注釋

❶ 旦，通「理」。

❷ **夾**：即夾持。

❸ **阿毘地獄**：梵文Avici，又作阿鼻旨，義譯無間。佛教說，世人因造惡業而受報地下之牢獄，在那裏受苦而無樂，有不堪之煎熬，並無救。

❹ **傴**：即傴僂。

❺ **摩**：按摩。

❻ **菴羅果**：巴利文Amba，即芒果。

❼ **僂**：即傴僂。

譯文

問：什麼是因緣方便？

答：（因緣方便）是無明緣（生）行，行緣（生）識，識緣（生）名色，名色緣

（生）六入，六入緣（生）觸，觸緣（生）受，受緣（生）愛，愛緣（生）取，取緣（生）有，有緣（生）生，生緣（生）老死、憂悲、苦惱，如是（一切）皆苦陰而起。所以，無明斷滅則行亦滅，行斷滅則識亦滅，識斷滅則名色亦滅，名色斷滅則六入亦滅，六入斷滅則觸亦滅，觸斷滅則受亦滅，受斷滅則愛亦滅，愛斷滅則取亦滅，取斷滅則有亦滅，有斷滅則生亦滅，生斷滅則老死、憂悲、苦惱亦滅，如是苦陰全部斷滅。

無明者，因爲受到遮障，不知苦、集、滅、道四諦；行者，有身、口、意三種業行；識者，謂初入胎那一念心名識。名色者，心內境與事外境兩兩相續，反映於心，起心數法和迦羅邏色；六入者，爲眼、耳、鼻、舌、身、意等六種根；觸者，爲眼觸、耳觸、鼻觸、舌觸、身觸、意觸等六種觸；受者，爲眼受、耳受、鼻受、舌受、身受、意受等六種受；愛者，爲眼觸生愛、耳觸生愛、鼻觸生愛、舌觸生愛、身觸生愛、意觸生愛等六種愛；取者，爲欲取、見取、戒取、我語取等四種取；有者，是因業行，故能起欲有、色有、無色有三種；生者，謂色、受、想、行、識五陰皆起；老者，五陰皆熟；死者，五陰散壞。

原典

問：云何因緣方便？

答：無明緣行，行緣識，識緣名色，名色緣六入，六入緣觸，觸緣受，受緣愛，愛緣取，取緣有，有緣生，生緣老死、憂悲、苦惱，如是皆苦陰起。唯以無明滅則行滅，以行滅則識滅，以識滅則名色滅，以名色滅則六入滅，以六入滅則觸滅，以觸滅則受滅，以受滅則愛滅，以愛滅則取滅，以取滅則有滅，以有滅則生滅，以生滅則老死、憂悲、苦惱滅，如是苦陰皆成滅。

於是無明者，不知四諦；行者，身口意業；識者，入胎一念心名識；名色者，共相續心起心數法，及迦羅邏❶色；六入者，六內入；觸者，六觸身；受者，六受身；愛者，六愛身；取者，四取；有者，是業能起欲、色、無色有；生者，於有陰起；老者，陰熟；死者，陰散壞。

注釋

❶**迦羅邏**：梵文kalala，指父母之兩精初和合凝結者。又作羯羅藍、歌邏邏等。意譯作凝滑、和合、雜穢、胞胎。為胎內五位之一。即託胎以後初七日間之狀態。

譯文

問：為什麼無明緣行？為什麼生緣老死？

答：沒有智慧的凡夫，不知苦、集、滅、道四諦。於五陰之漫漫長夜，凡夫樂於執著我，並因我執而成所觸，故有這是我的東西、這是我的身體的片面認識，如有樂則執著於樂的感覺。五陰和合始有思惟，這種思惟僅使非智（不是成佛的智慧）所能住處，於是為了得到有的認識而成住於有，猶如在經過多次耕耘的熟田上耕種。沒有這種識時，則是有的斷滅，這就是無明緣行。

此無明緣起行的思惟，入於有，則執著於有的表相，事成乃為聚和。當有的思惟轉化時而生起相續之識，於是這個有雖然隨心運作，但心不能斷滅，是故行緣識。

如果除去太陽，亦就沒有光明可言，於是大地便無法增長。由此可知，除去了識，亦就無名色可言，於是識如無名色體可住就無從增長，猶如竹竿三根互相倚立，展轉相依，是故識緣名色。

依事物所在之處（環境）與名（精神）共同生起，於是意（識）增長，依靠認識來命名地、水、火、風之四大和食緣、時緣之二緣。與眼、耳、鼻、舌、身五種身體器官而起意增長，不與食、時二緣有關，是故名色緣六入。

與眼、耳、鼻、舌、身、意六根，色、聲、香、味、觸、法六境及眼識、耳識、鼻識、舌識、身識、意識六識三者和合而生觸，是故六入緣觸。

以觸受而感到或苦、或樂、或不苦不樂、或非所觸受之感受，是爲觸緣受。

愚癡凡夫因受覺樂而成執著，實爲更加尋覓受苦，於是爲了對治再去覓樂。如果感受到不苦不樂，就是捨受（平靜）。這就是受緣愛。

以渴愛而急急地獲取愛處，此爲愛緣取。

你有所取而作事（活動），即爲有了某種（原）因，是故取緣有。

又以每人所作的業（行爲）各有不同，即出生在六道中，是故有生。

有了生命乃演化成老死，是故生緣老死。

以上是說「十二因緣」，它們之間還可以用下面的實例來表示：例如，穀子爲種子的緣，由此無明緣行可以知道；穀種爲穀芽之緣，行緣識的關係可知；穀芽是穀葉的緣，如是識緣名色可知；穀葉爲穀枝之緣，依此名色緣六入可知；穀枝爲樹之緣，由此六入緣觸可知；樹又爲花之緣，由此觸緣受可知；花爲汁的緣，受緣愛又可知；汁爲米的緣，愛緣取可知；米爲種子的緣，取緣有可知；種子又爲芽之緣，再有緣生可知。

以上可以看出，由因緣關係而緣起種種相續，由此可得前際是不可知的，後際亦是不可知的。對衆生而言，無明係爲初起，接著因緣相續，無始無終，前際既不可知，後際亦不可知。

原典

問：何故無明緣行？何故生緣老死？

答：於此無間❶凡夫，於四諦不知故。五受陰長夜，樂著我物，成彼所觸，此我

物、此我身，如是有樂著樂。和合爲有思惟，彼思惟使非智所處，爲得有成住於有，如種在耕熟田。無彼識爲有滅，此謂無明緣行。

彼無明所起行思，入有著於有相，事成爲聚。於轉有起相續識，於有隨心非斷，是故行緣識。

如除日無光明，住地增長。如是除識無名色，於無體住增長，如荻相猗展轉相依，是故識緣名色。

依處餘❷名共生起，意入增長依名命四大及食時緣，餘五入起增長，非餘此緣，是故名色緣六入。

餘根境界識和合起觸，是故六入緣觸。

以觸受或苦、或樂，或不苦不樂，非所觸，是故觸緣受。

癡凡夫受樂成著，復更覓受苦，彼對治覓樂。若受不苦不樂，受捨，是故受緣愛。

以渴愛急取愛處，是故愛緣取。

彼有取作事爲有種，是故取緣有。

以如業所勝，生於諸趣❸，是故有生。以生成老死，是故生緣老死。

如穀爲種緣，如是無明緣行可知；如種爲芽緣，如是行緣識可知；如芽爲葉緣，如是識緣名色可知；如葉爲枝緣，如是名色緣六入可知；如枝爲樹緣，如是六入緣觸可知；如樹爲花緣，如是觸緣受可知；如花爲汁緣，如是受緣愛可知；如汁爲米緣，如是愛緣取可知；如米爲種種緣，如是取緣有可知；如種爲芽緣，如是有緣生可知。

如是起種種相續，如是前際不可知，後際亦不可知。如是生，無明爲初，因緣相續，其前際不可知，後際亦不可知。

注釋

❶間，同「聞」。

❷餘，通「與」。

❸**趣**：梵文gati。義譯道。指衆生以自己所作之行爲（業）爲導趣來生之生存或生存世界。趣之分類大致有六趣（六道）。

譯文

問：無明以什麼為所緣？

答：唯有無明以無明為緣。驅使是為纏結之緣，纏結亦為驅使之緣，亦即是說，初始為初的緣，後終為後的緣。

其次，一切諸種煩惱，皆成為無明之緣。正如佛陀所說，從有漏（煩惱）積集而生起無明積集。

再次，又如一心法，以眼睛看見色，於是癡人生起愛心，在這時沉溺於淨樂者的心生癡，即是無明。思想上執著是無明緣行，心（認識）的執著為行緣識。知道相應的心數法（心理認識）以及由心而思造出之物，是識緣名色。從觸受得以生起喜，緣生喜，喜色緣生，諸根亦就清淨，是故名色緣六入。無明觸是六入緣觸。喜觸緣受。欲受緣愛。以執著來取淨樂，是愛緣取。以執著之思念，是取緣有。心裏生起諸法，是有緣生。法住不動已經是老。念想散壞就是死。如是衆生於一剎那之間，而成立十二因緣。

原典

問：無明何緣？

答：唯無明爲無明緣。使爲纏緣，纏爲使緣，初爲初，後爲後。

復次，一切諸煩惱，成無明緣。如佛所說，從漏集起無明集。

復次，如一心法，以眼見色，癡人起愛，於此時淨樂者心癡，此謂無明。思著是無明緣行，心著此行緣識。知相應心數法及彼所造色，是識緣名色。從受生喜緣喜故，喜色緣故，諸根清淨。是名色緣六入。無明觸是六入緣觸。喜觸緣受。欲受緣愛。以著取淨樂，是愛緣取。以著思是取緣有。彼法起是有緣生。住已是老。念散壞是死。如是於一刹那，成十二因緣。

11卷十一

五方便品第十一之二

譯文

問：怎樣來說聖諦方便？

答：所謂有四聖諦。即苦聖諦、苦集聖諦、苦滅聖諦、苦滅道聖諦。

問：什麼是苦聖諦？

答：苦聖諦有生苦、老苦、死苦、憂苦、憂悲苦、惱苦、苦苦、怨憎會苦、愛別離苦、求不得苦、以略五受陰苦之多種。

生苦者，對衆生而言，爲種種類別的各陰生起，這是一切苦積集的意思。

老苦者，以生出後諸種界（自性）生長成熟，這是失去了有旺盛生命力的色（物質）及種種念慧的意思。

死苦者，爲壽命必斷滅，心中由此而作出畏懼恐怖的心態。

憂苦者，碰到苦處時，心存畏懼，這是指心內部灼燒而不能平靜的狀況。

憂悲苦者，用語言來表達苦處，例如長吁短嘆、咽聲哭喊等，這是指從心裏到外表都觸發出苦之極狀的境態。

苦苦者，係指身體受苦，因此是苦於身的意義。

惱苦者，此爲心中受苦，故是苦於心的意義。

怨憎會苦者，爲與不愛或不喜歡的人在一起和合生活，由此而得到的痛苦。

愛別離苦者，與所愛或喜歡的人不能在一起，處於分散離別的情況，由此而引起的痛苦，這是憂苦的一種表現。

求不得苦者，樂於與不愛或不喜歡的人或事分離，樂於與所愛或喜歡的人和合在一起，但是卻不能得到這些，於是而失去了快樂的意義。

略五受陰苦者，是說衆生都離不開五受蘊（色、受、想、行、識）和合與熾盛之苦，故以略說五受陰苦來表示。

問：什麼是苦集諦？

答：衆生因爲起愛心復而有生，愛又與欲望共同生起，並且處處都起，於是就有了欲愛、有愛、不有愛幾種情況。這種因愛復而有生者，其有愛的成分居多，成爲有生的愛。苦集者呢？則是唯不與愛共同在一起，所以才稱爲苦集。

又說愛與欲望共同生起，唯以愛才能有歡喜的感覺生起。愛其染（影響）名爲染，欲愛共生而染（影響）生起喜。起者，指處處使身性染起，是處於歡喜，是處於可愛的色，是處於歡喜的身心感受。由此，欲愛、有愛、非有愛幾種所謂的愛中，除了有愛和不（非）有愛外，其餘的愛全是欲愛。在上述各種愛中，有愛的認識是與常見而共同生起，非有愛的認識則與斷見共同生起。

以上即是苦集聖諦。

原典

問：云何聖諦方便？

答：謂四聖諦。苦聖諦、苦集聖諦、苦滅聖諦、苦滅道聖諦。

問：云何苦聖諦？

答：生苦、老苦、死苦、憂苦、憂悲苦、惱苦、苦苦、怨憎會苦、愛別離苦、求不得苦、以略五受陰苦❶。

生苦者，於衆生種種類諸陰起，此一切苦集義。

老苦者，以生諸界熟，此失力色諸念慧義。

死苦者，壽命滅作畏怖義。

憂苦者，至苦處心畏懼，此內燒義。

憂悲苦者，苦至語言，此內外燒義。

苦苦者，身苦，此因苦身義。

惱苦者，心苦，此因苦心義。

怨憎會苦者，與不可愛衆生共相和合，此作苦義。

愛別離苦者，與可愛衆生共分散離別，此作憂苦義。

求不得苦者，樂得與不可愛別離，樂可愛和合，彼不得失樂義。

已略說五受陰苦者，不離五受陰苦，是故以略五受陰苦。

問：云何苦集諦？

答：愛令復生，與欲共起，處處起，如是欲愛、有愛、不有愛。此愛令復生者，有愛多成令有生愛。苦集者，唯愛不共故說苦集。

與欲共起者，唯愛令歡喜名❷起。令染名染，共染起喜。起者，是處處令身性起，是處歡喜，是處可愛色，是處歡喜。如是欲愛、有愛、非有愛，除有愛及不有愛，餘愛是欲愛。有愛者與常見共起，非有愛者與斷見共起。

此謂苦集聖諦。

注釋

❶**五受陰苦**：也作五陰盛苦。謂人因五蘊和合而受苦。又五蘊之器盛衆生之苦。

❷**名**：此處應指精神範疇。

譯文

問：什麼是苦滅聖諦？

答：唯有愛的欲望斷滅無餘，捨棄和遠離於解脫無益的地方，這就是苦滅聖諦。

問：不對，剛才所言的仍是集滅的說法。如果要眞是這樣，爲什麼世尊還要強調苦因滅斷的道理呢？

答：世尊強調苦因若滅斷，則成其不生之滅，應該看作應證的意義。所以集聖諦滅的道理，此後世尊說爲苦因滅。

問：什麼是苦滅的道聖諦？

答：苦滅的道諦即八分（支）正道，是正見、正思惟、正語、正業、正命、正精進、正念、正定八種。

正見者，是說四諦的智慧。

正思惟者，爲三種善，即初善、中善、後善之三種善的思惟。

正語者，爲遠離妄語、兩舌、惡口、綺語之四種惡行口業。

正業者，爲遠離身惡行、口惡行、意惡行三種惡行。

正命者，爲遠離邪命。

正精進者，(1)爲除斷已生之惡，(2)爲使未生之惡不生，(3)爲使未生之善能生，(4)爲使已生之善能更增長，而勤精進之四種修行方法。

正念者，爲念想觀身不淨、觀受爲苦、觀心無常、觀法無我之四種觀法或念處。

正定者，爲初禪、二禪、三禪、四禪之四種修行方法與境界。

其次，如果世人要修行聖哲之道，那麼將以泥洹（涅槃）而獲得知識與見解，這是正見。

唯以泥洹（涅槃）覺悟作思惟是正思惟。

你斷絕說邪惡的言語是正語。

你斷絕邪惡的業（活動）是正業。

你斷絕邪惡的生活資具是正命。

你斷絕邪惡的精進是正精進。

堅持泥洹（涅槃）的念想是正念。

執著於泥洹（涅槃）而專心修行是正定。

再次，因慧根、慧力、慧如意足、擇法覺分幾種慧覺而取得成就是爲內正見。

依靠精進根、精進力、精進如意足、欲如意足、精進覺分、四正勤之精進力量而獲取成就是爲內精進。

根據念根、念力、念覺分、四念處之念想而取得成就是爲內正念。

按照定根、定力、心如意足、信根、信力、定覺分、喜覺分、猗覺分、捨覺分之定的力量取得成就是爲內正定。

於是此三十七種獲得菩提（覺悟）的方法或道路，組成了八正道的基本內容。八正道亦就是苦滅道聖諦。

原典

問：云何苦滅聖諦？

答：唯愛滅無餘，捨遠離解脫無處，此謂苦滅聖諦。

問：不然，此亦集滅。何故世尊說苦因滅？

答：苦因滅，故成不生滅，應作證義，是故集滅，世尊說苦滅。

問：云何苦滅道聖諦？

答：此八正分道，如是正見、正思惟、正語、正業、正命、正精進、正念、正定。

正見者，四諦智。

正思惟者，是三善思惟。

正語者，離四惡行。

正業者，是離三惡行❶。

正命者，離邪命。

正精進者，四正勤。

正念者，四念處。

正定者，四禪。

復次，若修行聖道，於泥洹❷知見，此謂正見。

唯於泥洹覺是正思惟。

彼斷邪語是正語。

斷邪業是正業。

彼斷邪命是正命。

斷邪精進是正精進。

於泥洹念是正念。

於泥洹專心是正定。

於是慧根、慧力、慧如意足，擇法覺分，成入內正見。

精進根、精進力、精進如意足、欲如意足、精進覺分、四正勤，成入內精進。

念根、念力、念覺分、四念處，成入內正念。

定根、定力、心如意足、信根、信力、定覺分、喜覺分、猗覺分、捨覺分，成入內正定。

如是三十七菩提法，成入八正道內。此謂苦滅道聖諦。

注釋

❶**三惡行**：指一切不善之身、語、意三業，爲三妙行之對稱。即㈠身惡行，互通加行、根本、後起及一切不善之身業；㈡語惡行，互通加行、根本、後起及其餘一切不善之語業；㈢意惡行，即一切不善之思，如貪、瞋、邪見等。

❷**泥洹**：即涅槃之異譯。

分別諦品第十二之一

譯文

坐禪人，前面已經講了（五）陰、（十二）入、（十八）界。世界上唯有此陰、入、界之三種，無衆生、無命可言。

又已經談到萬物生起，並且得到了行與想二種認識。此時，再簡略地介紹二種生起認識。所謂名與色，於是色陰有十種，即眼、耳、鼻、舌、身、色、聲、香、味、觸。入亦有十種，爲上面所說的色陰十種，屬於界的有色、受、想、行四種陰。眼識、耳識、鼻識、舌識、身識、意識和意識界七種入，亦爲七界。它們稱爲法入或法界，或者爲名（精神），或者爲色（物質），餘（於）名或餘於色。

餘名餘色者，以色（物質）空來表示，所以色實際是以名（精神上）空而體現。而名（精神）又不離開色（物質），色（物質）亦離不開名（精神），名和色兩者的關係猶如擊鼓時，鼓是色，鼓聲是名，所以鼓聲唯有依靠名和色在一起和合，才能產生。依靠名色生起，還如盲人與跛人結伴遠行，盲人依靠跛人的明亮雙眼來指路，跛人有賴於盲人的攙扶才成行，故兩者不能分離。

問：名色兩者有哪些差別？

答：名沒有具體的形象（無身），色有具體的形象（有身）。名有所感知的認識能力（有所知），色沒有感知認識（無所知）。名能輕盈迅速地轉向，色能沉重遲緩地轉動。名沒有聚和，色有積聚。名能感覺了知，思考意識，色則不能。色可以行走倚立，坐臥屈伸，名則不可以。名知道我（身）、行走我（身）、倚靠我（身）、坐於我（身）、臥於我（身）、屈伸於我（身），色則不行。色能夠飲食，吃飯嚐味，名不能夠。名知道我（身）的需要，飲我（身）、食我（身）、吃我（身）、嚐我（身），色不能夠。色有拍掌、戲弄、嘻笑、啼哭等種種表現和言語說道，名則沒有。名卻能道我（心），拍打我身、笑話我（身）、戲弄我（身）、啼哭我（身）等種種言語說法，色則不能。

以上就是名色兩者的差別。

各位坐禪人由於五受蘊，已分別出三相，使得樂入而欲起斷諸種行爲。此時，現在坐禪人內有五受蘊（陰），故取五蘊（陰）相使得通達生起滅想，於是依照這種方法以無生而見現（刻）生，以生滅得以通達。

對於取相者，有三種取相的方法，即取煩惱相、取定相、取毘婆舍那相。

對於愚癡凡夫而言，因聽聞感覺而知境界，以此成爲樂執於常想的顚倒處所，初發心以好來取相，由此而著生煩惱，猶如蟲蛾自撲投燈火，是說取煩惱相。

原典

彼坐禪人，如是已陰、入、界。唯有陰、入、界，無衆生、無命。

已令起，已得行、想。爾時，已略作二種令起。所謂名色，於是色陰十，入十，界色四陰，意入七界，是名法入、法界，或名或色，餘名餘色。

餘名餘色者以色空，色者以名空。名者以色不離，色者以名不離，如鼓聲唯依名色生。依名色生，如盲跛遠行。

問：名色者何差別？

答：名者無身，色者有身。名者有所知，色者無所知。名者輕轉，色者遲轉。名無聚，色有聚。名者覺知思識，色者無此。色者行倚，坐臥屈伸，名無此。名者知我、行我、倚我、坐我、臥我、屈我申，色無此。色者飲食噉嘗，名無此。名者知我、飲我、食我、噉我嘗，色無此。色者拍、戲、笑、啼種種言說，名無此。名者知我、拍我、笑我、戲我、啼我種種言說，色無此。

謂名色差別。

彼坐禪人於五受陰，已分別於三相，令樂入欲斷諸行。爾時，現在內五受陰，取彼相令通達起滅，如是此法以無生現生，以生滅如是通達。

於是取相者，取相三種，取煩惱相、取定相、取毘婆舍那❶相。

於是愚癡凡夫，於聞覺知境界，以成樂常想顛倒所，初心以好取相，於此著煩惱，如蛾投燈，此謂取煩惱相。

注釋

❶**毘婆舍那**：梵文Vipaśyanā，義譯爲觀。

譯文

問：怎樣來取定相？

答：爲此坐禪的人，樂於得到定以念想正確智慧之所。初發心於三十八種行爲，再一一按各行取相使其繫寄於心，而成爲不亂心，猶如牽繫大象，是說取定相。

問：怎樣取毘婆舍那相？

答：坐禪人經常觀想人以智慧之處而發出的初心，於是在色、受、想、行、識五陰觀照，各各分別五蘊的自相，很有心地修行捨去五蘊自相的修行，猶如捕捉毒蛇一樣，這就是所說的取毘婆舍那相。

問：怎樣取色、受、想、行、識等各種相？

答：依靠色觀相，應以地界、或以水界、或以火界、或以風界、或以眼入、或以身入等各種相而取。

如實觀察自己的感受取得受的相，得到或爲樂，或爲苦，或爲不苦不樂幾種感受。

如實觀察自己的思想而得想的相，有或爲色想，或爲法想之幾種思想。

如實觀察和了解自己的行爲而得行的相，有或爲觸、或爲思（考）、或爲覺（察）、或爲觀（看）、或爲作意之幾種形式。

如實觀察自身的識而得識的相，得到或爲眼識，或爲意識之幾種相。

於是觀察自己而坐禪。

於是善於取自己的相之人，將因善而起意，使起意後，就可以取色、受、想、行、識諸相了。

問：怎樣以事來取心之相？

答：坐禪人以此件事情在我心中緣起，於是觀想應此事物而授受此事。以此作爲所想之事，作爲所要行動之事，作爲認識之事，在我心而起。如實以這種方法當爲觀法，這就是以事來取心相。

問：怎樣來以作意而取心相？

答：坐禪人以此是我在作意色活動爲依持，此是心意而起，實行這種觀想方法。坐禪人以此是我在作意受想行活動爲依持，此是心意而起，實行這種觀想方法，即爲已經作意取得心相了。

問：怎樣能把所要的相促成善取？

答：坐禪人以此行爲而得此相的方法，於色、受、想、行、識幾種陰觀想這些不同的陰相，再以此行爲而得此相，於是終於成爲所說的那個相促成善取了。

事物通達生或滅的，其中有的生起，有的斷滅，故有起有滅才有通達之變化，於是色（物質）現在已開始生起，它的生相起時，亦就是變化成相的滅，生與滅這兩義只能以慧眼看見，慧眼通達生起與斷滅。受陰已經生起現刻的受、想、行、識各陰，於是此生起之相再起變化而成相的滅。

問：怎樣才能以因的作用通達生起相？

答：愛和無明的業（活動）是（原）因，故爲陰生起。以慧眼得見，故以「因」的作用來通達生起相。

問：怎樣以「緣」的作用來通達生起相？

答：食緣使成色陰相生起，觸緣使成受、想、行三陰相生起，名色緣使成識陰相生起，以慧眼來見，則以緣而通達生起相。

問：怎樣以自己的味（作用）而通達生起相來？

答：例如油燈的火焰，生起發光照亮時，燈焰前後相續而無間隔，即爲最初是新焰，後來的還是新焰，始終以新的火焰爲自己的行動。從事物之相來看，因是慧眼得見，故以自己的味（作用）來通達生起相；若是以（原）因來看，由因而生起見解，故以集諦的相而成爲其見；若將使人生起覺（悟），應以緣爲自味（作用）故生起見苦諦的相，又以此相成其所見解，於是在剎那之間是不可以得到覺（悟）的。

原典

問：云何取定相？

答：於此坐禪人，樂得定以念正智所。初心三十八行，於一一行取相令繫心，爲不亂故，如繫象，此謂取定相。

問：云何取毘婆舍那相？

答：常觀人以慧所初心，色、受、想、行、識，各各分別其自相，樂欲捨修彼相，如捉毒蛇，此謂取毘婆舍那相。

問：云何取色❶、受、想、行、識相？

答：彼色識❷相，或以地界、或以水界、或以火界、或以風界、或眼入、或身入。

如是觀彼受受相，或爲樂、或爲苦、或爲不苦不樂。

如是觀彼想想相，或爲色想，或爲法想。

如是觀知行行相，或爲觸，或爲思，或爲覺，或爲觀，或爲作意。

如是觀彼識識相，或眼識，或意識。

如是觀彼彼坐禪。

如是善取彼相，以善令起，令起，如是取色、受、想、行、識相。

問：云何以事取心相？

答：以此事我心起，當觀彼以此色受事。以此想事，以此行事，以此識事，我心起，如是當觀，彼如是以事取心相。

問：云何以作意取心相？

答：如是我作意色，此心起，如是當觀。如是我作意受想行，我心起，如是當觀，如是已作意取心相。

問：云何彼相成善取？

答：以是行、以是相，色、受、想、行、識想以成觀。若復堪更觀彼相，以此行、以此相，是謂彼相成善取。

通達生滅者，有起有滅，有起滅通達，於是色已生現在，彼生相起變相滅，彼二句以慧眼見，通達起滅。受已生現在受、想、行、識，彼生相起變相滅。

問：云何以因通達起相？

答：愛、無明業是因，爲陰起，以慧眼見，以因通達起相。

云何以緣通達起相？

食緣爲色陰起，觸緣爲三陰起，名色緣緣爲識陰起，以慧眼見以緣通達起相。

問：云何以自味通達起相？

答：如燈焰相續無間，初後新新起行。以相以慧眼見，以自味通達起相；於是以因以起見，以集諦相成見；以令起覺，以緣以自味，以起見苦諦，以相成所見，以刹那不可得覺。

注釋

❶色，疑原書脫字，此處添上。

❷識，疑爲「觀」字。

12卷十二

分別諦品第十二之二

譯文

坐禪人如是現場觀察滅的情況，又以由觀察滅而生起畏懼之心。亦畏懼（五）陰因和（五）陰的生起。欲界、色界、無色界之三有；天趣、人趣、餓鬼趣、畜生趣、地獄趣之五趣；眼識、耳識、鼻識、舌識、身識、意識、意界識七種識安立住所；比丘、比丘尼、六法尼、沙彌、沙彌尼、持八戒出家男、持八戒出家女、優婆塞、優婆夷之九種衆生的居所亦成畏懼。它就像惡人持刀令人畏懼。如毒蛇，如火聚，如是由觀察滅而生成畏懼之心，五陰因成畏懼，五陰的生起亦成畏懼。欲界、色界、無色界之三有；天趣、人趣、餓鬼趣、畜生趣、地獄趣之五趣；眼識、耳識、鼻識、舌識、身識、意識、意界識七種識安立之住所；比丘、比丘尼、六法尼、沙彌、沙彌尼、持八戒出家男、持八戒出家女、優婆塞、優婆夷之九種衆生的居所，都以無常觀的念想來現刻作意對治，使之產生令人畏懼的思想；以安隱的觀想使之生起無的空想；以苦現刻作意觀想而成就畏懼的產生；以安隱觀想，使之生出無生即從沒有生的想法；以無我觀現刻作意，生起畏懼相及生相；以安隱使之生起無相之相和無生相。觀察過患，觀察厭離，自然而然隨順著能忍耐但仍舊有脾氣的情緒相，此爲總結性的語言。（有關因觀相而生起智慧畏怖已經說畢）

原典

彼坐禪人如是現觀滅，以由觀滅成畏。陰因亦畏，陰生畏。三有、五趣、七識住、九衆生居成畏。彼如惡人捉刀可畏，如毒蛇、如火聚，如是以由觀滅成畏，陰因畏陰生畏。三有❶、五趣❷、七識住❸、九衆生❹居，以無常現作意令畏想，以安隱令起無想，以苦現作意成畏生；以安隱令起無生，以無我現作意成畏相及生，以安隱令起無相及無生。觀過患、觀厭離，軟隨相似忍❺，是其總語。（令起智怖已竟）

注釋

❶**三有**：欲有、色有、無色有三種。

❷**五趣**：地獄、餓鬼、畜生、人、天五種輪迴的道路，爲衆生死後的去處。

❸**七識住**：眼識、耳識、鼻識、舌識、身識、意識、意界識七種識安立之住所和愛著。

❹**九衆生**：佛教信徒的九種人。即：㈠受具足戒的比丘，㈡受具足戒的比丘尼，㈢持六法的尼衆，㈣持十戒的沙彌，㈤持十戒的沙彌尼，㈥出家後持八戒的男衆，㈦出家後持八戒的女衆，㈧皈依的優婆塞即男居士，㈨皈依的優婆夷即女居士。此九種人組成了佛教僧俗二大衆。

❺**相似忍**：謂能夠忍耐但還有脾氣，不能完全做到全忍的狀態。

譯文

坐禪人因怖畏現況而修行使之生起智慧，而生起樂解脫智的心境。此（五）陰相亦是怖畏相，幫助生起樂解脫的智慧。五陰生爲怖畏相，幫助生起樂解脫的智慧。欲有、色有、無色有之三有；天趣、人趣、餓鬼趣、畜生趣、地獄趣之五趣；眼識、耳識、鼻識、舌識、身識、意識、意界識七種識安立住所；比丘、比丘尼、六法尼、沙彌、沙彌尼、持八戒出家男、持八戒出家女、優婆塞、優婆夷九種佛教徒衆生，都住於此種怖畏的心境，那麼亦就生起了樂解脫智慧，猶如一隻鳥從火圈的包圍中衝出來，不再受烈火煎烤，樂得解脫再生；又如有人被強賊圍困，盼望能夠破賊解圍，得救之後如釋重負，生起樂得解脫的心境。由此可以看出，坐禪人亦因陰而生起樂解脫的心境。所以，欲有、色有、無色有之三有；天趣、人趣、餓鬼趣、畜生趣、地獄趣之五種趣；眼識、耳識、鼻識、舌識、身識、意識、意界識之七種識安立住所；比丘、比丘尼、六法尼、沙彌、沙彌尼、持八戒出家男、持八戒出家女、優婆塞、優婆夷之九種衆生，都處在這種怖畏的心情或認識，即可以獲得樂解脫的智慧。

以無常觀想現刻作意畏（懼）因，以諸苦觀想現刻作意而成畏（懼）生的認識，以無我觀想現刻作意又成就畏（懼）因和畏（懼）生的二種認識，這樣坐禪人將生起樂解脫的智慧。於是世俗凡夫和學佛習禪的人，追求樂解脫要以畏（懼）因或畏（懼）生之二種心識活動來引發智慧，或者現刻觀見到歡欣喜悅的心情。由於現刻觀想，向上順通暢達生成現觀歡喜心。心變成憂惱勢必成爲修行之障礙，演成順通暢達則就難於再有思惟的行動了，平等中道，自然而然地隨順能忍耐，但又有脾氣的相似忍心識相。此爲總結性語言。（樂解脫的智慧已說畢）

各位坐禪人，如是現修習樂解脫智的活動，從一切活動中，趣向於樂解脫之諸種涅槃活動。唯有作意一種相，欲使心識相生起，這就是解脫門內的相似智相生起。相似智將以三種行爲來獲得，又以三種行爲來超越，必定是證悟之人。

於五陰無常觀想活動中可以現刻見到或得到相似智慧相，於五陰滅掉而常在涅槃境界中，如是在現刻中得見超越，必定是證悟之人。於五陰是苦相觀想，現刻得見相似智慧相，五陰滅掉即樂於涅槃，此亦是現刻得見超越，必定是證悟之人。於五陰是無我相觀想，現刻得到相似智慧相，五陰滅掉是第一義，是眞諦，即爲涅槃。現刻得見超越必定是證悟之人。

原典

彼坐禪人，以怖現修行令起智，樂解脫智生。彼陰相是怖者，樂解脫智起。陰生為怖者，樂解脫智起。三有、五趣、七識住、九衆生居此怖者，樂解脫智起，如火所圍鳥，從彼樂解脫；如人為賊所圍，從彼樂解脫。如是彼坐禪人陰因陰生。三有、五趣、七識住、九衆生居此畏怖者，樂解脫智起。

以無常現作意畏因，以苦現作意畏生，以無我現作意畏因及生，樂解脫智起。於是凡夫人及學人，於樂解脫智二種引心，或觀歡喜。於是現觀，於上成通達現觀歡喜。心成憂惱成修行障礙，成通達難見思惟行，捨中隨相似忍。此是總語言。（樂解脫智已竟）

彼坐禪人如是現修行樂解脫智，從一切諸行，樂解脫泥洹諸行。唯作一相欲令起，解脫門相似智起。以三行得相似智，以三行越正聚❶。

於五陰無常現見得相似智，五陰滅常泥洹，如是現見越正聚。於五陰以苦現見得相似智，五陰滅樂泥洹，現見越正聚。於五陰以無我現見得相似智，五陰滅第一義泥洹，**現見越正聚**。

注釋

❶**正聚**：佛教三聚之一。全名正定聚，謂必定證悟之人。

譯文

問：爲什麼說以智慧可以現刻超越，必定是證悟之人？爲什麼獲得智慧就已經超越，必定是證悟之人？

答：以（悟）性除智慧相來現刻超越，必定是證悟之人。以取得解脫正道的智慧來超越，必定是證悟之人。

問：相似智有哪些含義？

答：所謂相似智是說不淨、苦、無常、無我之四種念處；防惡、斷惡、生善、增善之四正勤（正確努力修行）；欲如意足、念如意足、精進如意足、慧如意足之四種神通禪定如意足；信根、精進根、念根、定根、慧根之五根（內在條件）；信力、定力、念力、精進力、慧力之五種力量；念覺支、擇法覺支、精進覺支、喜覺支、猗覺支、定覺支、捨覺支之七種次第；正見、正思惟、正語、正業、正命、正精進、正念、正定之八種通向涅槃解脫的正確途徑或方法，它們的作用和目的都相似，這就是相似智的總結性語言。沒有怨恨，能夠見到好的利益，既能忍耐，又保持了脾氣，這也是相似智的總結性語言。（相似智已經說畢）

相似智沒有間隔和次第順序，一蹴而成就。它可以從一切行相發起，所從事的涅槃活動，生起了性除智。

問：性除智有什麼含義？

答：去除凡夫俗子的迷妄和不正確的認識的方法叫作性除；去除非凡夫的迷妄和不正確的認識亦採用這種方法，故亦名性除，其中「性」指的是涅槃。

其次，廣種培養涅槃的活動名爲性除，如阿毘曇（論）所說，去除緣生有爲相稱爲性除，度無緣無生的無爲相亦名爲性除。再者，去除緣生之原因亦是性除，度無緣生和沒有各種相狀的境界亦是性除。所以，以追求涅槃爲最初引導的正路，在外在條件的影響下，內部轉起而生出智慧，這就是性除的總結性語言。（性除智已經說畢）

性除智慧的獲得是一個無間第、無次序的過程，可以說，只要現刻體悟到諸苦的現象，知道了諸苦的原因，並要求隔斷與苦之聯繫，就可以馬上作滅相出現的體驗修行，從而生起須陀洹的智慧，及獲得一切覺悟的法門。坐禪人在此時以寂寂空無作念想，現刻得見有緣和能力卻沒有生、住、異、滅變化的世間第一上等味的醍醐戒，在一剎那之間以一種智慧非初時非後時出現，於是分別認識四諦的道理，以知道諸苦現象認識苦諦，以斷滅諸苦之原因而作滅掉想，悟證滅覺認識，作修道之認識。正如譬喻偈所說的那樣：

如果人捨棄此岸世界，將乘船渡到彼岸世界，
於是你普度世上諸物，乘船的人將除卻諸漏。

又如乘船渡水，不分初時和後來，只是在一剎那之間完成四種事情或活動。捨棄此岸世界，即是消除諸種漏（煩惱），也就進入彼岸世界普度諸物。如果捨棄此岸世界，於是做到了以智慧來分別諸苦。如果除去了諸漏（煩惱），於是認識到了斷滅諸苦的原因。如果度到彼岸世界，於是親自體悟到各種滅相盡。如果以船來普度諸物，於是獲得了因修道而引發的各種認識。

再如油燈燃燒，放出光明，在一剎那之間不分初時，不分最後而做四種事情或活動。譬如小油燈芯點燃之後，放出光明，除卻了黑闇，燈油雖消耗了，但是光明卻放出燦爛奪目。又如太陽昇起之時，非初時，非最後，於一剎那時間做四種事情或活動，太陽出來除去黑闇，消滅了寒冷，帶來了光明。如果太陽出現，就像生起了智慧，於是認識分別了諸苦現象。就像陽光消去了黑闇，於是認識了諸苦的原因。就像太陽消滅了寒冷，於是體悟到消滅諸苦的認識或決心。就像太陽帶來了光明，於是堅定修道的認識。就像太陽一樣，神聖的智慧是至高無上。

原典

問：云何以智現越正聚？云何以智已越正聚？

答：以性除智現越正聚。以道智已越正聚。

問：相似智者何義？

答：相似智者，四念處、四正勤、四如意足、五根、五力、七覺分、八正道分以彼相似，此謂相似智總語言。無怨見利相似忍，此是相似智總語言。（相似智已竟）

相似智無間次第，從一切諸行相起，作泥洹事，生性除智。
問：云何義名性除？
答：除凡夫法名性除，非凡夫法所除亦名性除，性者是泥洹。
復次，種殖泥洹者名性除，如阿毘曇所說，除生名性除，度無生亦名性除。復除生因名性除，度無生、無相名性除。於泥洹是初引路，從外起轉慧，此性除總語言。
（性除智已竟）
性智無間次第，現知苦現、斷集現，作證滅現修道，生須陀洹道智，及一切菩提法。彼坐禪人於此時以寂寂，現見有邊無爲醍醐戒，於一剎那以一智非初非後，分別四諦，以知苦分別，以斷集分別，以作滅證分別，以修道分別。如譬喻偈所說：

如人捨此岸，以船度彼岸，
於彼度諸物，乘舡❶者除漏。

如船度水，非初非後，於一剎那作四事。捨此岸除漏到彼岸度物。如捨此岸，如是智分別苦，如除漏；如是分別斷集，如度彼岸；如是作證分別滅，如以船度物；如是修道分別，如燈共生，於一剎那不初不後作四事。

如小燈炷除闇，令油消，令光明起。如日共生非初非後，於一剎那作四事，令現色除闇，令滅寒，令起光明。如令現色，如是智分別苦。如除闇，如是分別斷集。如令滅寒，如是作證分別滅。如令起光明，如是修道分別。如日，如是聖智。

注釋

❶舡，通「船」。

譯文

問：對此事曾有老師說，要次第順序修道，次第順序斷滅煩惱，次第順序分別認識眞理？

答：此事或者以十二種道智，或以八種道智，或以四種道智，作爲獲得果位的基礎。

問：爲什麼還有與這種見解不相應的地方或情況產生？

答：如果是次第順序修行，次第順序斷滅煩惱的話，當然是次第順序作證悟的活動，並以這種次第證悟而獲得果位，這是由於可以得到的樂趣將與所證得到的修行果位是一致的，即相應的情況。如果是可以得到的樂趣，那麼一個須陀洹道果就可以證成。如果是不可能有樂趣的情況，那麼即使是次第順序修道，次第順序斷滅煩惱的人，也不會證得果位的。

其次，談談第二種可能出現的過失情況。如果以見到了苦的現象，並以見到諸苦而斷滅了煩惱，但是亦滅斷了可以得到的樂趣，所以已經見到苦相，又以見到苦相而斷滅煩惱，煩惱既斷滅，於是開始證悟得四分須陀洹果，作證感受理應可以得到的樂趣，隨順方便法門並獲得成就。如果以可以得到的樂趣作意證悟，則四分須陀洹果可以得到，已見苦、見苦所斷、煩惱已斷、作證，四分從七時中生，四分從一家而至另一家生出，就達到住於果位。與上述情況不相應的現象是，如果以不可能得到樂趣作意，那麼見到諸苦現象的斷滅，煩惱亦斷滅，這就是不相應的現象。

其次，是說第三種過患。如果以見到諸苦的現象，並由見苦相而斷滅了煩惱，那麼獲得斷煩惱的人也就得到樂趣。於是以現刻見到苦相，住於四分須陀洹位上，成就四信行，成就四法行。與這些情況不相應的現象是，若以不可以得到的樂趣作意，以見到苦相，並由見苦相斷滅，而煩惱亦斷滅。

其次，是說第四種過患，亦屬於不相應的現象。如果現刻見到成就道諦向，以見道諦而成住於果位。這種可以得到的樂趣是以現刻見到苦相而成立的向，以見相所以成住於果位，應該可生起樂趣，因爲這是見到一種相的緣故。如果這是可以見到的樂趣，並住於果位，成就多種過失，有這種情況，是不相應的。如果是不可以得到的樂趣，現刻見到道諦成就證悟，以見於道諦成住於果位，這仍是不相應的。

其次，是說第五種過患。如果以見到道諦作證悟獲得果位，未能見到苦集諦、苦滅諦之二種諦。作證悟得果位獲得可生起的樂趣之人，以見到苦集諦、苦滅諦是「無」的意思。

其次，是說第六種過患。如果以十二種道智、或者以八種道智、或者以四種道智作證悟須陀洹果而獲得可得到的樂趣之人，是以樂趣而得到證悟。或者以十二種道智、或者以八種道智、或者以四種道智證悟須陀洹果，應該成就可得樂趣之人，能成就道智，但無果位可言。如果可得到樂趣的承載，取得利益之人能成就過患，以這種可得到樂趣的情況，是不相應的。如果是可得到的樂趣，或以十二種道智、或以八種道智、或以四種道智作證悟須陀洹果的人，這亦是不相應的。

最後說第七種過患。如果以十二種道智、或者以八種道智、或者以四種道智使生起須陀洹果的人，雖可以得到樂趣，但這亦是不相應的。因爲這是以多種事情作用而使之生起一個果位，就如多個菴婆羅絞合在一起而使得生起了一個果而已。

原典

問：於此有師說，次第修道，次第斷煩惱，次第分別諦？

答：或以十二，或以八，或以四道智作證果。

問：云何於此見不相應？

答：若次第修行、次第斷煩惱，是故次第作證，以是次第作證果，可樂與道果相應故。若如是可樂，一須陀洹果者成耶。若如是不可樂，次第修道，次第斷煩惱者亦然。

復次，第二過。若以見苦、見苦所斷煩惱，滅斷可樂，是故已見苦、見苦所斷、煩惱已斷、作證。四分須陀洹果，作證應可樂，方便成就故。若如是可樂作證，四分須陀洹，四分七時生，四分家家❶生，四分一生，四分住於果。於此不相應，若如是不可樂，以見苦、見苦所斷、煩惱斷耶，此不相應。

復次，第三過。若以見苦、見苦❷所斷、煩惱斷者所樂，是以現見苦，四分須陀洹道住，四分信行，四分法行，成應可樂，不見餘三諦。若此所樂住於四須陀洹道，成四信行，成四法行。於此不相應，若如是不可樂，以見苦、見苦所斷、煩惱斷。

復次，第四過，亦不相應。若現見道成向，以見道成住果，此可樂以是現見苦成向，以見故成住果，應可樂，見一種故。若如是可樂向，及住果成多過，於此，此不相應。若如是不可樂，現見道成證，以見道成住於果，此亦不相應。

復次，第五過。若以見道作證果，未見苦、集、滅。成作證果可樂者，以見苦集、苦滅是無義。

復次，第六過。若以十二，或以八，或以四道智作證須陀洹果可樂者，以是作證。或十二，或八，或四，須陀洹果應成可樂者，成道智無果。若如是可樂地以成過，於此，此不相應。若如是可樂，或以十二，或以八，或以四道智作證須陀洹果者耶，此亦不相應。

復次，第七過。若或十二，若八，若四道智，令起一須陀洹果者可樂，此亦不相應。多事令起一果，如多菴婆菓令生一果。

注釋

❶**家家**：原為由一家至另一家之意；小乘聲聞中，如一來向之聖者，已斷除欲界三、四品之修惑，而於命終之後仍須二、三度往返受生於人界、天界，始能般涅槃，即由人界之甲家或乙家生至天界之甲家或乙家，故有「家家聖者」之稱，略稱家家。

❷苦，其他經本作「若」。

譯文

問：如果以一種智於一剎那之間作意活動，其次第順序無前無後，但成就分別苦、集、滅、道四種眞理，所以一種智慧將形成四種見解，並以此四種見解來認識諸事。如果以諸事皆苦的苦諦見解來取相思考，見到苦相乃至見到苦、集、滅、道之四種眞諦，於是四諦而成為苦諦。又若是以苦的認識而形成見到四諦，四諦再成為苦諦，這二種認識並沒有出現彼此不相應的情況。所以，一剎那之間於一種智慧相運動，次第順序無前無後，但能形成分別四諦的認識？

答：並不是以一種智慧而成四種見解執取諸事，亦不是見四諦之後而成爲苦諦之認識。坐禪的人唯有服從最初的四種諦的認識，從種種相狀實爲一種相，以前面的相而分別認識而已。

所謂解脫者，有三種解脫，即無相解脫、無作解脫和空解脫。於是得到（解脫）這道相似智（慧）之人，不作任何相狀的是無相解脫，不作願行狀的是無作解脫，不作執著行狀的是空解脫。其次，這三種解脫都是以觀察的形式而得見於種種修行道路，但是能取得成就的，則只能是一條終極的道路。

問：爲什麼說以觀察的形式而得見於種種修行的道路？

答：坐禪人已經觀察見到無常相，而取得了無相解脫之成就。以觀察見到苦相，而取得無作解脫之成就，以觀察見無我相，而取得空解脫之成就。

問：怎樣以觀察無常相而成就無相解脫？

答：坐禪人以無常相於現刻作意，以斷滅諸種行爲及起心動念，而成多種解脫，獲得信根和定根、慧根、念根、精進根之四根。此種的種類如實之智慧相，也包涵了一切諸種行爲。於是坐禪人修成無常心相起時，心中所起的相當然是使人恐怖和畏懼的相狀，又從生起之相的行動而生出智慧，從相生起心念，而心的認識達到無相時，就成爲心的超越，所以以無相這種解脫，人身才能解脫。

以上是說以觀見無常相而成爲無相解脫的道理。

原典

問：若以一智一刹那，無前無後，成分別四諦，一智應成四見取事。若以見苦成見四諦，四諦成苦諦。若此二義無此不相應，一刹那以一智，無前無後，成分別四諦？

答：非一智成四見取事，亦非四諦成苦諦。坐禪人唯從初四諦，種種相一相，以前分別故。

解脫者，三解脫，無相解脫、無作解脫、空解脫。於是道相似智，不作相是無相解脫，不作願是無作解脫，不作執是空解脫。復次，此三解脫，以觀見成於種種道，以得成於一道。

問：云何以觀成見於種種道？

答：已觀見無常，成無相解脫；以觀見苦，成無作解脫；以觀見無我，成空解脫。

問：云何以觀見無常，成無相解脫？

答：以無常現作意，以滅諸行起心成多解脫，得信根及四根。彼種種❶類如實智相，彼種類一切諸行，成無常起，令起相怖畏，從相行生智，從相心起，於無相心越，以無相解脫身得脫。

如是以觀無常成無相解脫。

注釋

❶種，疑此字為「衍」。

譯文

問：爲什麼說以觀想見到苦相，而獲得無作解脫？

答：坐禪人以苦相於現刻作意，以恐怖和懼畏之狀及諸種行爲而使心的認識生起，於是心乃寂靜。於是獲得定根及信根、慧根、念根、精進根之四種根。這種分類皆爲如實之生起，並以一切諸種行動成爲苦之體現。又因坐禪人心裏生起恐怖和懼畏，於是乃生起成佛的智慧，從生智慧之心起，到無生之心時，已獲得超越。此時坐禪人以無作解脫而得到身體的解脫。

以上是說以觀見到苦的相狀而成爲無作解脫的道理。

問：爲什麼觀見無我而成爲空解脫？

答：坐禪人以無我相於現刻作意，以空相使生起種種行爲，於是其心中充滿厭惡相狀，獲得慧根及定根、信根、念根、精進根之其他四根。這種類亦爲如實了知各種相，又如實了知各種相狀的生起，成爲一切諸法皆無我可見相的認識。又因爲以恐怖和懼畏之狀而使得無我相生起及心的認識生出，並依此種相狀及心產生認識，而使智慧生出，從無我相和心生之認識乃轉爲遠離之感覺，演成無相無生無滅，泥洹（涅槃）心得以超越。坐禪人因此以空解脫而成爲身體之解脫。

以上是說以觀見無我相而成就空解脫的道理。

從上述各種解脫的道理可知，無相解脫、無作解脫和空解脫之三種解脫都以觀察的形式而成就於修行的道路。

問：怎樣看待從他處而起心於自己？

答：他處不能如實作意想，實際上當我心生起，並已露出最初之端倪時，所成的分別認識亦形成了。

問：怎樣解釋依靠心之認識而起的人？

答：（不同的人起不同心之認識）如果是得到阿那含果位的人，則以阿那含果而起心的認識。若是阿羅漢果位之人，那麼將以阿羅漢之心而生起。

問：若已經起了心的認識，那麼你的心以什麼來作基礎？

答：起心專注緣於寂靜無爲。

問：有幾種觸所觸者？

答：以三種（接）觸的方法而觸得結果。即以空的觸、無相之觸、無作之觸三種（接）觸。

問：從哪裏開始最初生起諸種行爲？

答：你從最初的身體行爲和從最初的口說行爲而（獲得）。

問：死人和入滅想定兩者之間有什麼區別？

答：死人有三種行爲已經不存在了，即身體活動、口宣說話和意念活動三種行爲，而且沒有壽命，斷滅了煖根，沒有熱氣，斷絕了各種根（器官已不再活動）。獲得滅想定的人，雖然身體行動、口宣說話和意念活動之三種行爲暫時停止，但是他的壽命仍然存在，煖氣仍然還有，各種器官亦無異常。這就是死人和入滅想定人之間的區別。

問：怎樣判定這種禪定是有爲的，還是無爲的？

答：不可以說這種禪定是有爲的，還是無爲的。

問：爲什麼說這種禪定不可以說有爲或無爲？

答：因爲從有爲法的角度來看，這種禪定是沒有的。有爲法有生、住、異、滅之四種現象，但滅想定是剎那間生起，沒有次第順序。從無爲法的角度來看，入定和出定都是不可知的，雖然無爲法沒有生、住、異、滅諸種現象，但滅想定實爲人不能參透，無從了解。所以持有爲或無爲的說法都是錯誤的，滅想定不可以說有爲，也不可以說無爲。（滅禪定已經說畢）

沒有邊際，沒有稱名，真不可思議，是無量善才和善語言。
於此佛法中誰又能全部知道呢？只有實踐過禪定的人才能體悟並受持於此。
微妙不可言的殊勝道是善行，掌握了佛教的智慧，就不會被迷惑，又遠離了無明。

原典

問：云何以觀見苦成無作解脫？

答：以苦現作意，以怖畏諸行令起心，成心多寂寂，得定根及四根。彼種類如實知生，以彼種類一切諸行成苦所見。以怖畏生，令起生智，從生心起，於無生心越，以無作解脫身得脫。

如是以觀見苦成無作解脫。
問：云何以觀見無我成空解脫？
答：以無我現作意，以空令起諸行，心成多厭惡，得慧根及四根。彼種類如實知相及生，以彼種類一切諸法，成無我可見。以怖畏令起相及生；依相及生智唯起，從相及生心成離，於無相、無生滅，泥洹心越，以空解脫身得脫。
如是以觀見無我成空解脫。
如是此三解脫，以觀成於種種道。
云何從彼起者？
彼非如是作意。我當起已至於初時，所作分別成。
云何心以起者？
若阿那含人，以阿那含果心起。若阿羅漢人以阿羅漢心起。
起已彼心何所著？
答：心專緣寂寂。
幾觸所觸者？

答：三觸所觸。以空觸、無相觸、無作觸。

云何初起諸行？

彼從身行，彼從口行。

死人及入滅想定人何差別者？

死人三行沒無，現壽命斷，煖斷，諸根斷。入受想定人三行斷沒，壽命不斷，煖不斷，諸根不異，此彼差別。

云何此定有爲、無爲者？

答：不可說此定有爲、無爲。

問：何故此定不可說有爲、無爲？

答：有爲法於此定無有，無爲法入出不可知，是故不可說此定有爲、無爲。（滅禪定已竟）

無邊無稱不可思，無量善才善語言。
於此法中誰能知？唯坐禪人能受持。
微妙勝道為善行，於教不惑離無明。

源流

《解脫道論》是一本論述佛教理論與實踐的論書。公元前六世紀左右，釋迦牟尼佛創教後，曾向弟子們宣說了佛教的教義，這些說教都被弟子們記誦下來。釋迦牟尼佛示滅後，衆弟子秉承祖師遺志，召開僧伽大會，將佛陀的言教複誦出來，形成了最早的佛藏。佛藏由經、律、論三個部分組成。「經」是指佛陀的言教，「律」是指的有關佛教僧侶和居士實行的行爲準則或軌範，「論」是闡述佛教教義的理論性著作，此外，還有一些各國佛教徒撰寫的有關佛教經疏及教義、教史、傳記等著作，它們也屬於佛藏的組成部分之一。

據專家研究，最早出現的有關佛教典籍是「經」、「律」兩部，它們大都是以偈頌的形式而記述下來的，以後才有了「論」的內容。北傳佛教的藏經是以經、律、論次序相列，但是南傳佛教的經典則是按律、經、論而排布，南北兩傳的次序差異，表明了各傳佛教興趣的重視程度不一樣，一般地說，南傳佛教更多地帶有原始佛教的特點，有的派別在持律的態度上，規定較爲嚴格，甚至連誦經時發音是否送氣都做了具體要求，不難看出，將律藏放到第一自有其道理。

印度佛教向北傳播，在中國本身有自己的傳統宗教文化，所以佛教傳入後和中國傳統文化融和，佛教徒更重視的是內容而不是形式。雖然在中國佛教史上亦有過專弘律法的律宗出現，但是律宗也只不過存在了幾百年而已，而且律宗重講傳戒律，更重視佛學的探討闡發。所以北傳佛教將經藏打頭是符合當地具體情況的。

相傳佛陀在世向弟子說法，是以九分教的形式，即以經、應頌、記別、偈頌、自說頌、如是語、本生、未曾有、方廣九種形式講說佛理，史家稱爲「九分教」，以後「九分教」的形式發展到「十二分教」，成爲最初的佛教經典❶。

最早出現的佛經是《阿含經》一類的經文。「阿含」是梵文Āgama的音譯，亦譯阿鋡、阿笈摩等，意譯法歸、無比法、教、傳等，意爲「傳承的教說」或「集結教說的經典」。《阿含經》是以經文的長短來分類，經文較長的一類是《長阿含》、經文適中的是《中阿含》、經文短的是《雜阿含》，此外還有一類按數目排列的經典稱《增一阿含》。南傳佛教的《阿含經》與北傳佛教的略有出入，其中《雜阿含》，巴利文稱爲《相應部》，《增一阿含》稱爲《小部》。

《阿含經》是早期佛教經典的總滙，也就是說它是釋迦牟尼佛的言行錄或根本教典。它的內容非常廣泛，主要反映了佛教三藏中經藏的部分內容，特別是佛教的根本教義和實踐理論。例如在《長阿含經》中的〈般泥洹經〉、〈大般涅槃經〉裏佛講說了成佛的理論。在《中阿含經》中的〈佛說四諦經〉、〈佛說苦陰經〉、〈佛說苦陰事經〉等經中論說了佛教的苦、集、滅、道之基本主張。

在《雜阿含經》中的〈緣起經〉裏介紹了佛教對世界形成的看法，即佛教的宇宙觀和認識論主張。〈五陰譬喻經〉、〈佛說五陰皆空經〉是講佛教對人身的看法，提出人身是空的無我主張。〈佛說法印經〉則對原始佛教的基本理論做了概括，指出了世間和人生是苦、無常的性質和追求清淨涅槃的解脫的道路。

在《增一阿含經》裏的〈佛說阿羅漢具德經〉和〈佛說四人出現世間經〉等勾勒了佛教徒的道德規範，是佛教的倫理主張。可以這樣說，《阿含經》裏囊括了原始佛教的全部理論和重要觀點，其中有的甚至是相互對立的觀點，這反映了編纂《阿含經》的人曾受到過各種影響，特別是地域佛教文化和部派佛教的影響猶爲重要。

在《阿含經》中介紹佛教實踐的典籍和理論亦是很豐富的。例如在《長阿含經》的〈佛說寂志果經〉、〈大般涅槃經〉、〈帝釋所問經〉、〈佛說梵網六十二見經〉等經文裏談到佛教禪定的實踐。在《中阿含經》的〈佛說樂想想經〉、〈佛說伏婬經

〉、〈佛說箭喻經〉、〈佛說蟻喻經〉、〈佛說治意經〉等經中亦講到了對治各種煩惱和貪、瞋、癡三毒的方法及意義。

在《雜阿含經》的〈佛說八正道經〉裏則具體地對佛教解脫實踐做了全面的概述。在〈佛說七處三觀經〉中將佛教的止觀學說做了詳細的解說。總之，與《阿含經》中所包容的佛教教義之基本理論一樣，其關於佛教的實踐學說是相當豐富的，可以說，所有後出的佛教實踐的論述，都可以在此找到因子。

《阿含經》對佛教的戒律學說的講說散見在一些有關的經文之中，比較集中地描述主要在《雜阿含經》中的〈佛說戒德香經〉和〈佛說戒香經〉等文中，但是它們主要是從佛教徒持戒守律所得到的功德之角度而說的，有關具體的戒律內容仍然收在三藏的律部中間。根據學者的研究，最早結集的應是《八十誦律》，據說它是由佛陀的弟子優婆離分八十次誦出後而得名的，以後又進一步演化出《四分律》、《五分律》、《十誦律》、《摩訶僧祇律》等。

現在流傳在南傳上座部的律本是《善見律毘婆沙》，通稱《善見律》，一般地說律和戒是分不開的，律包含了戒。不過按照佛教戒本《有部毘奈耶》的說法，律是專爲已經出家的比丘、比丘尼而制定的，在家修行的居士則持戒。

此外，除《阿含經》外，在佛教經藏中還有一些比較古老的早期佛經，《法句經》則是流傳較廣、經常被佛教徒吟誦的經典。該經由婆娑四大論師之一的法救撰述。公元二二四年在中國吳地由維祇難譯出，以後又出現了三個譯本，最晚的譯本是在十世紀時由天息災譯出的。在南傳佛教中此經亦流傳甚廣，爲二十六品、四百二十頌（重複的除外）、北傳有九百偈、七百偈、五百偈幾種。

全經以偈頌的形式將佛教的教義和實踐一一誦出，文字簡潔、內容精到，瑯瑯上口，易於記誦，深受佛教徒的喜愛❷。在南傳佛教國家是佛教徒必須學習的經典和日常讀誦的課本。還有《賢愚經》、《雜寶藏經》、《舊雜譬喻經》、《佛說義足經》、《六度集經》等都是南北兩傳習用的經典。

「論」是三藏中較晚出現的經典。它雖起源於佛說，但比較豐富主要是在古印度阿育王時代。公元前三世紀阿育王主持了佛教史上第三次結集活動。這次結集的重點是宣說論藏，三藏典籍亦得以完備。佛教的各個部派都有自己的三藏，因之亦有自己的論藏。南方上座部所傳的是《法集論》、《分別論》、《界論》、《人施設論》、

《雙論》、《發趣論》和《論事》等七論。

北方說一切有部有《法蘊足論》、《集異門足論》、《施設足論》、《識身足論》、《品類足論》、《界身足論》、《發智論》等七論。正量部有《三彌底部論》。犢子部有《成實論》等等❸。以後，隨著佛教的不斷發展，越來越多的論書被造出，成爲佛教體系最嚴密、思想最豐富、最有邏輯性和條理性的著述典籍。

以上我們談了原始佛教的基本三藏情況，特別介紹了《阿含經》和《法句經》及「南方六論」等。之所以要把它們提出來講說，因爲這些著述都和本文所要說的《解脫道論》有著密切的關係。

《解脫道論》一開始就云：「廣問修多羅、毘曇、毘尼事，此解脫道我今當說，諦聽！」修多羅、毘曇、毘尼是梵文經藏、論藏、律藏的音譯，所以這裏表明了《解脫道論》是廣泛地參考了三藏以後再寫出的一本佛教論書，並不像其他的一些佛教著作，由某一部經或某一部論而發展出來的，說它是一部三藏會鈔或三藏精要，應該說是不過分的。

在佛教史屬於綜合性的會鈔著述是很多的，早期的佛教精要或綱要性的著作主要有南傳上座部的《清淨道論》和北傳說一切有部的《阿毘達磨俱舍論》，它們都曾經在佛教經典史上享有重要地位，歷來研究者不絕。但是《解脫道論》雖爲一部綱要性的著作，然而在中國譯出之後，幾乎不被人所重視，古代無人對其做過研究。它所抄出的是哪些經書，引用的是哪些論著，至今仍不爲學者所知，只是被歷代藏經所收錄而已。

十九世紀以後，《解脫道論》突然受到了學者的重視。原來，日本和歐美學者發現此書與《清淨道論》之間有著密切的關係。兩書不論是在體系上、方法論的運用上，抑或是內容的安排都有著相同的地方。例如《解脫道論》講戒、定、慧三學，《清淨道論》亦是如此。《解脫道論》講七心理論，《清淨道論》說十四行相。《解脫道論》用分別示說，個別論述的方法，在《清淨道論》中亦採用了這一形式。《清淨道論》的篇幅超過了《解脫道論》的幾倍，所做的論證和解說亦比《解脫道論》詳細和充分地多，條理亦比《解脫道論》清楚明晰❹。可是在《清淨道論》中所抄出或引用的《阿含經》及一些論書的譬喻或觀點，在《解脫道論》中也可以看到，反其而推之，《解脫道論》應該淵於《阿含經》等經、律及諸部論書，如果沒有衆多的經籍，則

《解脫道論》是不會也不可能成書的。

二十世紀初，德國佛教比丘，著名學者奈那提露卡大長老〔Nyanatiloka Mahā Thera，俗名安東・華爾特・福羅盧斯・古夫（Anton Walter Florus Gueth）〕將《清淨道論》譯成德文。他在該書的〈序〉中對《解脫道論》和《清淨道論》做了比較研究，指出《解脫道論》是《清淨道論》的古本。❺長井眞琴對此做了進一步的比較研究，強調「覺音把《解脫道論》的原本全部修改後，再增補新譯的」，漢文本和巴利文本是古代流傳下來的最主要形式。❻日本昭和十四年（公元一九三五年）水野弘元發表〈解脫道論與清淨道論的比較研究〉一文，認爲《解脫道論》屬於當時斯里蘭卡島有大乘傾向的無畏山寺派的經典。《清淨道論》屬於傳統僧伽大寺派的經典。❼

公元一九三七年印度學者巴帕特（P. V. Bapat）亦專門撰寫了《解脫道論與清淨道論的比較研究》一書。作者亦認爲「覺音做《清淨道論》是在《解脫道論》出現之後，很有可能他在寫《清淨道論》時，手中已經有了《解脫道論》一書。」❽中國學者湯用彤、呂澂、金克木等人亦對此二論做了比較研究。呂澂先生說：「先有優婆底沙上座的注解，題名《解脫道論》，這在我國梁代僧伽婆羅便已翻譯了。其後覺音尊者到了錫蘭，重新整理那部論書，並作了解說，就是現存的名著《清淨道論》。」❾但是，南傳上座部佛教國家的學者反對這種說法。

著名的斯里蘭卡學者馬拉拉色克拉（C. P. Malalasekera）就認爲「我們容易推斷《清淨道論》和《解脫道論》可能是互不相干的獨立著作，其作者都屬於上座部學派。」❿現在《解脫道論》的巴利文本已在斯里蘭卡被發現⓫。在藏譯大藏經裏亦有此論的譯本。另外，在《善見律毘婆沙》中亦記載了《淨道論》一書，故有學者推測此書亦可能是《清淨道論》的早期漢譯名字。⓬總之，現在關於此二論的版本淵源仍不能徹底說清楚，仍有待於學者們進一步努力挖掘。

日本昭和八年（公元一九二九年）巴利佛教學者干瀉竜祥把《解脫道論》譯成日文，並加以解題。公元一九六〇年學者修摩長老（Soma Thera）和科敏達長老（Kheminda Thera）將其譯爲英文，在科倫坡出版。⓭說明了《解脫道論》在國際佛學界還是有影響的，相比之下，中國學界反而落後於外國。

注釋：

❶參見呂澂《印度佛學源流略講》第十六頁。上海人民出版社，一九七九年十月初版。

❷參見足立俊雄《法句經·六方禮經·玉耶經講義》第三至十四頁。日本佛教聖典講義刊行會，昭和十年初版。

❸參見聖嚴法師《印度佛教史》第五章第二節、第六章第二節。

❹關於《清淨道論》的內容及其在南傳佛教中的地位和作用，請參見拙文〈覺音的清淨道論及其禪法〉一文，載《南亞研究》一九八九年第一期。

❺關於奈那提露卡長老的事蹟，參見〈西洋佛教學者傳〉第一八三至一八六頁，台灣華宇出版社，藍吉富主編《世界佛學名著譯叢》第十四輯。

❻、⓬《南方所傳佛典の研究》第六章。

❼參見中村元等主編《佛典解題事典》第一二三頁，日本春秋社，一九八三年。

❽《解脫道論與清淨道論比較研究》之「導言」。

❾《印度佛學源流略講》第二六三頁。

❿參見拙譯〈偉大的佛教學者覺音評傳〉，載《佛教文化》第七七至八四頁，中國佛教文化研究所，一九九〇年。

⓫參見英國渥德爾（A. K. Warder）著，王世安譯《印度佛教史》第四九六頁，商務印書館，一九八七年。

⓭N. R. M. Ehara, Soma Thera and Kheminda Thera《The Path of Freedom（Vimuttimagga）》Colombo, 1961.

解說

《解脫道論》共十二卷，十萬餘言。第一卷爲全書的總綱或總論。從總體上介紹了佛教戒、定、慧三學和伏解脫、彼分解脫、斷解脫、猗解脫和離解脫之五種解脫性質及定義，強調解脫在比丘生活中的重要性，戒、定、慧三學在解脫體系或理論中所起到的主要作用，以及三者在修學中的次第關係和修習三學之後將能得到的果位或境界。還述說了佛教戒律的種類，持戒者的要求，和取得功德，以及戒律的作用等；第二卷詳說了修行者實行頭陀生活的各種要求，衣、食、住、行的各項戒條。介紹了定的定義、種類、修定後獲得的功德，以及禪定過程中四禪或五禪境界的現象。強調智慧對修禪人的重要意義，在佛教中的重要地位等內容；第三卷解釋了世俗之人的欲、瞋恚、癡、信、意、覺等十四種表現，以及貪、瞋、癡三毒和產生這些情況的原因。講解了禪定實踐的三十八種行爲和行處，諸行爲之間的聯繫、特點及範圍等；第四卷介紹了修禪者取相和攝相的理論。覺（悟）和觀（察）的區別及重要性。因禪定後而帶來的喜樂等心境的特點、區別等；第五卷議論三十八行中的四無色定、青、黃、赤、白等一切入的取相方法。

第六卷談虛空一切入、十不淨相中的潰爛相、食噉相、棄擲相、血塗染相等，以及念佛、念法、念僧、念戒、念施、念天等功德；第七卷主述念安般、念死、念身、念寂寂，旨在強調修禪者的正確行爲和實踐；第八卷敍述慈、悲、喜、捨四無量心，又觀察地、水、火、風四大元素及它們的各自特性；第九卷講身通、天耳通、他心智通、宿命通、天眼通等神通，以及慧的定義、功德等；第十卷闡色、受、想、行、識五蘊和十二因緣、十八界的理論；第十一卷介紹苦、集、滅、道四諦的道理；第十二卷概括了修行後所得到的各種的境界，著重分析了各種解脫智慧的現象和心理變化的情況，以及得到解脫之人與一般人的區別等等。

從以上可以看出，《解脫道論》實爲一部介紹佛教戒、定、慧三學的佛典，其中關於禪定的篇幅占了全書內容一半以上，突出了禪修實踐的特色，對修禪的人具有重要的指導意義，同時對佛教的基本教義也能從此書中得以了解。它即是一本學習佛教的入門書，也是佛教理論的綱要性典籍。

禪定理論與實踐是書中最有特色和重要的內容。禪定是古印度人經常使用的一種修身養性的方法，亦是古印度哲學宗教中的一種特定的實踐。它發端於古代巫術，在佛教創立之前就流行於各個不同的哲學和宗教之間，並給予了不同的解釋。例如，最早的哲學文獻《奧義書》就認爲禪定是「控制心思」，「統一感官」與「神」或「梵」（最高存在）的合一手段。釋迦牟尼佛創立佛教時，就把禪定援入佛教，作爲佛法的一個重要內容和修行方法而加以重視與推崇。佛教三學中所說中的「定學」，就是指的禪定之學，又名禪法。「戒學」則是泛指佛教爲出家僧尼和在家信徒制定的一切戒律儀規。「慧學」則是指因修習佛理所引出的辨別現象、判定是非善惡，以及達到解脫的認識能力和境界。

佛教內部各個派別對禪法有不同的看法和運作的手段。《解脫道論》所說的禪法，是一種「安般守意」的觀心禪法，爲小乘佛教徒所遵循的最基本的宗教修行實踐方法。「安般」就是人的一呼一吸方式，佛教認爲修行者通過控制呼吸頻率和掌握進氣和吐氣量，抑動入靜，就能逐漸進入禪的狀態。「守意」就是坐禪時特定的思惟觀想方法的統稱，和一種修行者所要具備的思惟定勢或模式。

修行禪定的人按照佛教的要求，持戒守律，再運用思惟觀想各種不淨穢物和隨念佛名功德的方法，輔之控制呼吸等手段，生起各種禪思，進入一一禪定境界，從而達到解脫的目的，擺脫生死輪迴。

禪有初禪、二禪、三禪、四禪、五禪五種境界，這是南傳巴利語系佛教的特色。而在北傳大乘佛教國家，通常只有初禪、二禪、三禪、四禪而已，說明了《解脫道論》的確是一部小乘佛教著作，也表明了早在一千四百多年前，中國佛教界就與南傳巴利語系佛教有過密切地交流了。

曾有一些西方的學者在通過對禪定現象的研究後，認為人體內潛藏著一種潛意識，它具有波動或流動作用，是心理意識的最初源頭之一。由於禪者進行禪定活動，體內的潛意識勢能被調動起來，發揮了作用，於是引發出顯在意識，使意識活動開始有了目標，成為有意識的活動。經過一定步驟及有目的的針對性訓練之後，心理意識經量聚到質變，最後成為定勢，開發出佛教徒所具備的悟性，創立了新業（行為）。從潛意識到顯意識，又由顯意識到有意識的活動路線，是佛教禪定活動的「心的一定法則」。而且每一次意識活動的進化，都將進入更高的一個層次，如此循環，往復無窮。

以沉思冥想為特點的禪定方法從古代起就受到了亞洲宗教徒的重視，它不光是印度教徒、耆那教徒和佛教教徒所喜愛，以後又影響到伊斯蘭教蘇菲派，現代又為基督教某些派別吸收。在中國還出現了以禪命名的佛教禪宗派別，並傳至朝鮮（今韓國）、日本等國，現已流布於世界很多地區，禪文化已經成爲世界文化中獨樹一幟的特色文化，影響日增。

現代社會是一個高節奏、競爭性的社會，人們整天面對著各種壓力和各種矛盾。小孩子要面對升學、學習知識等各種壓力，青年人要面對就業、擇偶、成家等種種現實，成年人要面對事業、晉升、孝順父母、培養後代等種種責任，老年人又面臨著退休、孤獨、疾病等種種折磨，所以人一出世來到世間後，勢必會碰到永無盡頭的煩惱，始終受到各種欲望和痛苦的折磨，要擺脫諸苦，禪定是不失爲一種富有成效的對治方法，人們在工餘之後修行禪定，調節體內的緊張情緒，鬆馳神經，放鬆情結，使心情處於一種平靜、和諧的狀態，行使養生之道。

當前，在中國乃至世界各地都風靡氣功，各種功法層出不窮，然而氣功在相當程度上與佛教禪定有著不可分的密切關係，許多功法都冠以佛家功法或標榜採自於佛教，《解脫道論》所建立的禪定理論和闡述的心理分析學說，至今仍有積極的現實意義。今天我們重新整理古人的學說，不僅不爲其深邃的智慧和細密的分析所歎服，而且還從中汲取了不少養分，開發了智慧，培養了情操，強健了體魄。

參考書目

1《解脫道論與清淨道論的比較研究》　巴帕特，浦那・印度・一九三七年，Vimuttimagga and Visuddhimagge A Comparative Study by P. V. Bapat, Poona, India, 1937.

2《南方所傳佛典の研究》　長井眞琴，日本圖書刊行會，昭和五十五年（一九七一年）第二版

3《宗教詞典》　任繼愈主編，上海辭書出版社，一九八三年第二版

4《佛教大辭典》　丁福保，上海古籍出版社，一九八五年

5《清淨道論》　覺音著，葉均譯，中國佛教協會，一九八五年版

6《印度佛教源流略講》　呂澂，上海人民出版社，一九七九年初版

7《法句經・六方禮經・玉耶經講義》　足立俊雄，日本佛教聖典講義刊行會，昭和十年初版

8《原始佛教思想の研究》　舟橋一哉，法藏館，昭和三十七年二版

9《原始佛教の實踐哲學》　和辻哲郎，岩波書店，昭和二年初版

10《佛典解題事典》　中村元主編，春秋社，一九八三年

11《印度佛教史》 渥德爾著，王世安譯，商務印書館，一九八七年
12《世界佛學名著譯叢》第十四輯 藍吉富主編，華宇出版社
13〈南傳佛教心理學述評〉 黃夏年，載《世界宗教研究》一九八九年第四期
14〈巴利佛典「十四行相」與漢譯佛典「九心輪」的比較研究〉 黃夏年，載《印度宗教與中國佛教》，中國社會科學出版社，一九八八年
15〈覺音的清淨道論及其禪法〉 黃夏年，《南亞研究》一九八九年第一期
16〈偉大的佛教學者覺音評傳〉 馬拉拉色克拉著，黃夏年譯，《佛教文化》一九九〇年，中國佛教文化研究所

佛光大藏經

千手千眼系列

第一套佛教生活實用叢書

在學佛的路上，
在紛擾繁忙的生活中，
隨時隨地助您一臂之力。

- 一句偈(一)—50位高僧的智慧語　星雲大師等著 150元
- 一句偈(二)—50位名人的座右銘　鄭石岩等著 150元
- 頓悟的人生　釋依空著 150元
- 與永恆對唱—細說當代傳奇人物　釋永芸等著 160元
- 跨越生命的藩籬—佛教生死學　吳東權等著 150元
- 善男子　傅偉勳等著 150元
- 善女子　宋雅姿等著 150元
- 佛教藝術的傳人　陳清香等著 160元
- 禪的智慧vs現代管理　蕭武桐著 150元
- 遠颺的梵唱—佛教在亞細亞　鄭振煌等著 160元
- 如何解脫人生病苦—佛教養生學　胡秀卿著 150元
- 疼惜阮青春—琉璃人生1　王靜蓉等著 150元
- 三十三天天外天—琉璃人生2　林清玄等著 150元
- 平常歲月平常心—琉璃人生3　薇薇夫人等著 150元
- 九霄雲外有神仙—琉璃人生4　夏元瑜等著 150元
- 生命的活水(一)　陳履安等著 160元
- 生命的活水(二)　高希均等著 160元
- 生活無處不是禪　鄭石岩等著 150元
- 心行處滅—禪宗的心靈治療個案　黃文翔著 150元
- 水晶的光芒—第一、二屆佛光文學獎得獎作品集　王靜蓉等著 200元
- 水晶的光芒—第三屆佛光文學獎得獎作品集　梁寒衣等著 200元
- 全新的一天　廖輝英．柏楊等著 150元

佛光文化事業有限公司
劃撥帳號：18889448．TEL：(02)29800260．FAX：(02)29883534
◎南區聯絡處　TEL：(07)6564038．FAX：(07)6563605
http://www.foguang-culture.com.tw　E-mail:fgce@ms25.hinet.net

中國佛教高僧全集

本書以創新的小說體裁，具體呈現歷代高僧的道範佛心；
現代、白話、忠於原典，
引領讀者身歷其境，
去感受其至情至性的生命情境。
全套100冊，陸續出版中。

已出版：

- 玄奘大師傳　圓香居士　著　(平)350元
- 鳩摩羅什大師傳　宣建人　著　(平)250元
- 法顯大師傳　陳白夜　著　(平)250元
- 惠能大師傳　陳南燕　著　(平)250元
- 蓮池大師傳　項冰如　著　(平)250元
- 鑑眞大師傳　傅傑　著　(平)250元
- 曼殊大師傳　陳星　著　(平)250元
- 寒山大師傳　薛家柱　著　(平)250元
- 佛圖澄大師傳　葉斌　著　(平)250元
- 智者大師傳　王仲堯　著　(平)250元
- 寄禪大師傳　周維強　著　(平)250
- 憨山大師傳　項東　著　(平)250
- 懷海大師傳　華鳳蘭　著　(平)250
- 法藏大師傳　王仲堯　著　(平)250
- 僧肇大師傳　張強　著　(平)250
- 慧遠大師傳　傅紹良　著　(平)250
- 道安大師傳　龔雋　著　(平)250
- 紫柏大師傳　張國紅　著　(平)250
- 圜悟克勤大師傳　吳言生　著　(平)250
- 安世高大師傳　趙福蓮　著　(平)250
- 義淨大師傳　王亞榮　著　(平)250
- 眞諦大師傳　李利安　著　(平)250
- 道生大師傳　楊維中　著　(平)250
- 弘一大師傳　陳星　著　(平)250
- 讀體見月大師傳　溫金玉　著　(平)250
- 雲門大師傳　李安綱　著　(平)250
- 達摩大師傳　程世和　著　(平)250

佛光文化事業有限公司
劃撥帳號：18889448・TEL：(02)29800260・FAX：(02)29883534
◎南區聯絡處　TEL：(07)6564038・FAX：(07)6563605
http://www.foguang-culture.com.tw　E-mail:fgce@ms25.hinet.net

《中國佛教經典寶藏精選白話版》郵購特惠專案

□我要訂購《經典寶藏》＿＿套（132冊）

定價21,200元×＿＿套＝＿＿＿＿元

零售價每本200元（不零售者除外）

讀者基本資料：

姓名：＿＿＿＿＿＿

性別：□男　□女

生日：＿＿年＿＿月＿＿日

教育程度：＿＿＿＿＿＿＿＿

職業：＿＿＿＿＿＿＿＿＿＿

連絡電話：（日）＿＿＿＿＿＿

　　　　　（夜）＿＿＿＿＿＿

傳眞電話：＿＿＿＿＿＿＿＿

通訊地址：＿＿＿＿＿＿＿＿

　　　　　＿＿＿＿＿＿＿＿

寄貨地址：＿＿＿＿＿＿＿＿

　　　　　＿＿＿＿＿＿＿＿

付款條件：

□一次付清　□分期付款

付款方式：

□付現　□劃撥付款

□信用卡付款（請塡寫以下資料）

◎信用卡簽名（務必塡寫與信用卡簽名用字樣）

＿＿＿＿＿＿＿＿＿＿＿＿＿＿

◎信用卡別：□VISA CARD

□MASTER CARD

□JCB

□聯合信用卡

◎信用卡號＿＿＿＿＿＿＿＿＿＿

◎有效期限：＿＿年＿＿月止

◎身分證字號：＿＿＿＿＿＿＿＿

●訂購專線：（02）27693250轉41

●傳真專線：（02）27617901　郵購組

●帳戶：佛光文化事業有限公司

●郵撥帳號：18889448

●歡迎使用傳真訂購

《中國佛教經典寶藏精選白話版》
總目錄

	藝　文　類		
1211	佛教新出碑志集粹	200元	87年5月
1212	佛教文學對中國小說的影響	不零售	87年5月
	雜　　類		
1213	佛遺教三經	200元	86年11月
1214	大般涅槃經	200元	85年9月
1215	地藏經 盂蘭盆經 父母恩重難報經	200元	86年11月
1216	安般守意經	200元	86年11月
1217	那先比丘經	200元	86年11月
1218	大毘婆沙論	200元	87年5月
1219	大乘大義章	200元	85年9月
1220	因明入正理論	200元	87年5月
1221	宗鏡錄	200元	85年9月
1222	法苑珠林	200元	86年11月
1223	經律異相	200元	85年9月
1224	解脫道論	200元	87年5月
1225	雜阿毘曇心論	200元	87年5月
1226	弘一大師文集選要	200元	87年5月
1227	滄海文集選集	200元	87年5月
1228	勸發菩提心文講話	不零售	86年11月
1229	佛經概說	200元	87年5月
1230	佛教的女性觀	不零售	86年11月
1231	涅槃思想研究	不零售	87年5月
1232	佛學與科學論文集	200元	87年5月

《中國佛教經典寶藏精選白話版》總目錄

1189	法句經	200元	86年11月
1190	本生經的起源及其開展	不零售	86年11月
1191	人間巧喻	200元	87年5月
1192	大乘本生心地觀經	不零售	86年11月
	史　傳　類		
1193	南海寄歸內法傳	200元	87年5月
1194	入唐求法巡禮記	200元	87年5月
1195	大唐西域記	200元	87年5月
1196	比丘尼傳	200元	85年9月
1197	弘明集	200元	87年5月
1198	出三藏記集	200元	85年9月
1199	牟子理惑論	200元	85年9月
1200	佛國記	200元	85年9月
1201	宋高僧傳	200元	87年5月
1202	唐高僧傳	200元	87年5月
1203	梁高僧傳	200元	87年5月
1204	異部宗輪論	200元	85年9月
1205	廣弘明集	200元	87年5月
1206	輔教編	200元	85年9月
1207	釋迦牟尼佛傳	不零售	86年11月
	儀　制　類		
1208	中國佛教名山勝地寺志	200元	86年11月
1209	勅修百丈清規	200元	86年11月
1210	洛陽伽藍記	200元	87年5月

《中國佛教經典寶藏精選白話版》
總目錄

1169	大乘起信論	200元	85年9月
1170	成唯識論	200元	86年11月
1171	唯識四論	200元	87年5月
1172	佛性論	200元	87年5月
1173	瑜伽師地論	200元	87年5月
1174	攝大乘論	200元	86年11月
1175	唯識史觀及其哲學	不零售	86年11月
1176	唯識三頌講記	200元	87年5月
	秘　密　類		
1177	大日經	200元	86年11月
1178	楞嚴經	200元	85年9月
1179	金剛頂經	200元	86年11月
1180	大佛頂首楞嚴經	不零售	86年11月
	小　乘　類		
1181	成實論	200元	86年11月
1182	俱舍要義	200元	87年5月
	律　宗　類		
1183	佛說梵網經	200元	86年11月
1184	四分律	200元	86年11月
1185	戒律學綱要	不零售	86年11月
1186	優婆塞戒經	不零售	86年11月
	本　緣　類		
1187	六度集經	200元	85年9月
1188	百喻經	200元	86年11月

《中國佛教經典寶藏精選白話版》
總目錄

1147	佛堂講話	200元	86年11月
1148	信願念佛	200元	86年11月
1149	精進佛七開示錄	200元	86年11月
1150	往生有分	200元	86年11月
	法　華　類		
1151	法華經	200元	85年9月
1152	金光明經	200元	85年9月
1153	天台四教儀	200元	86年11月
1154	金剛錍	200元	87年7月
1155	教觀綱宗	200元	87年5月
1156	摩訶止觀	200元	86年11月
1157	法華思想	200元	87年7月
	華　嚴　類		
1158	華嚴經	200元	85年9月
1159	圓覺經	200元	85年9月
1160	華嚴五教章	200元	86年11月
1161	華嚴金師子章	200元	85年9月
1162	華嚴原人論	200元	85年9月
1163	華嚴學	200元	86年11月
1164	華嚴經講話	不零售	86年11月
	唯　識　類		
1165	解深密經	200元	87年5月
1166	楞伽經	200元	85年9月
1167	勝鬘經	200元	86年11月
1168	十地經論	200元	85年9月

《中國佛教經典寶藏精選白話版》總目錄

1121	永嘉證道歌・信心銘	200元	86年4月
1122	祖堂集	200元	85年9月
1123	神會語錄	200元	85年9月
1124	指月錄	200元	86年4月
1125	從容錄	200元	86年4月
1126	禪宗無門關	200元	86年4月
1127	景德傳燈錄	200元	86年4月
1128	碧巖錄	200元	86年4月
1129	緇門警訓	200元	86年4月
1130	禪林寶訓	200元	86年4月
1131	禪林象器箋	200元	86年4月
1132	禪門師資承襲圖	200元	85年9月
1133	禪源諸詮集都序	200元	85年9月
1134	臨濟錄	200元	86年4月
1135	來果禪師語錄	200元	86年4月
1136	中國佛學特質在禪	200元	86年4月
1137	星雲禪話	200元	86年4月
1138	禪話與淨話	200元	86年4月
1139	釋禪波羅蜜次第法門	200元	87年5月

淨　土　類

1140	般舟三昧經	200元	86年4月
1141	淨土三經	200元	86年4月
1142	佛說彌勒上生下生經	200元	85年9月
1143	安樂集	200元	85年9月
1144	萬善同歸集	200元	85年9月
1145	維摩詰經	200元	86年4月
1146	藥師經	200元	86年11月

《中國佛教經典寶藏精選白話版》
總目錄

書號	書名	定價	出版日期
	阿含類		
1101	中阿含經	200元	86年4月
1102	長阿含經	200元	86年4月
1103	增一阿含經	200元	86年4月
1104	雜阿含經	200元	86年4月
	般若類		
1105	金剛經	200元	85年9月
1106	般若心經	不零售	86年4月
1107	大智度論	200元	86年4月
1108	大乘玄論	200元	86年4月
1109	十二門論	200元	86年4月
1110	中論	200元	86年4月
1111	百論	200元	86年4月
1112	肇論	200元	85年9月
1113	辯中邊論	200元	86年4月
1114	空的哲理	200元	86年4月
1115	金剛經講話	不零售	86年11月
	禪宗類		
1116	人天眼目	200元	86年4月
1117	大慧普覺禪師語錄	200元	86年4月
1118	六祖壇經	200元	86年4月
1119	天童正覺禪師語錄	200元	87年5月
1120	正法眼藏	200元	86年4月

CATALOG OF ENGLISH BOOKS

	BUDDHIST SCRIPTURE	AUTHER	PRICE
A001	VERSES OF THE BUDDHA'S TEACHINGS (法句經)	VEN. KHANTIPALO THERA	150
A002	A GARLAND FOR THE FOOL (英譯百喻經)	LI RONGXI	140
	SERIES OF VENERABLE MASTER HSING YUN'S LITERARY WORKS	AUTHER	PRICE
M101	HSING YUN'S CH'AN TALK(1) (星雲禪話1)	VEN.MASTER HSING YUN	180
M102	HSING YUN'S CH'AN TALK(2) (星雲禪話2)	VEN.MASTER HSING YUN	180
M103	HSING YUN'S CH'AN TALK(3) (星雲禪話3)	VEN.MASTER HSING YUN	180
M104	HSING YUN'S CH'AN TALK(4) (星雲禪話4)	VEN.MASTER HSING YUN	180
M105	HANDING DOWN THE LIGHT (傳燈)	FU CHI-YING	360
M106	CON SUMO GUSTO (心甘情願西班牙文版)	VEN.MASTER HSING YUN	100

8612	童話畫(第二輯)	釋心寂編	350
8621-01	窮人逃債·阿凡和黃鼠狼	潘人木改寫	220
8621-02	半個銅錢·水中撈月	洪志明改寫	220
8621-03	王大寶買東西·不簡單先生	管家琪改寫	220
8621-04	睡半張床的人·陶器師傅	洪志明改寫	220
8621-05	多多的羊·只要蓋三樓	黃淑萍改寫	220
8621-06	甘蔗汁澆甘蔗·好味道變苦味道	謝武彰改寫	220
8621-07	兩兄弟·大呆吹牛	管家琪改寫	220
8621-08	遇鬼記·好吃的梨	洪志明改寫	220
8621-09	阿威和強盜·花鴿子與灰鴿子	黃淑萍改寫	220
8621-10	誰是大笨蛋·小猴子認爸爸	方素珍改寫	220
8621-11	偷牛的人·猴子扔豆子	林良改寫	220
8621-12	只要吃半個·小黃狗種饅頭	方素珍改寫	220
8621-13	大西瓜·阿土伯種麥	陳木城改寫	220
8621-14	半夜鬼推鬼·小白和小烏龜	謝武彰改寫	220
8621-15	蔡寶不洗澡·阿土和駱駝	王金選改寫	220
8621-16	看門的人·砍樹摘果子	潘人木改寫	220
8621-17	愚人擠驢奶·顛三和倒四	馬景賢改寫	220
8621-18	分大餅·最寶貴的東西	杜榮琛改寫	220
8621-19	黑馬變白馬·銀鉢在哪裏	釋慧慶改寫	220
8621-20	樂昏了頭·沒腦袋的阿福	周慧珠改寫	220
8700	新編佛教童話集(一)～(七)	摩迦等著	(一套)600
8702	佛教故事大全(上)	釋慈莊等著	250
8703	化生王子(童話)	釋宗融著	150
8704	佛教故事大全(下)	釋慈莊等著	250
8800	佛陀的一生(漫畫)	TAKAHASHI著	120
8801	大願地藏王菩薩畫傳(漫畫)	許貿淞繪	300
8802	菩提達磨(漫畫)	佛光文化譯	100
8803	極樂與地獄(漫畫)	釋心寂繪	180
8804	王金城的故事(漫畫)	釋心寂繪	250
8805	僧伽的光輝(漫畫)	黃耀傑等繪	150
8806	南海觀音大士(漫畫)	許貿淞繪	300
8807	玉琳國師(漫畫)	劉素珍等繪	200
8808	七譬喻(漫畫)	黃麗娟繪	180
8809	鳩摩羅什(漫畫)	黃耀傑等繪	160
8811	金山活佛(漫畫)	黃壽忠繪	270
8812	隱形佛(漫畫)	郭幸鳳繪	180
8813	漫畫心經	蔡志忠繪	140
8814	畫說十大弟子(上)(漫畫)	郭豪允繪	270
8815	畫說十大弟子(下)(漫畫)	郭豪允繪	270
8900	槃達龍王(漫畫)	黃耀傑等繪	120
8901	富人與鼈(漫畫)	鄧博文等繪	120
8902	金盤(漫畫)	張乃元等繪	120
8903	捨身的兎子(漫畫)	洪義男繪	120

8904	彌蘭遊記(漫畫)	蘇晉儀繪	80
8905	不愛江山的國王(漫畫)	蘇晉儀繪	80
8906	鬼子母(漫畫)	余明苑繪	120
	工具叢書	**著者**	**定價**
9000	雜阿含·全四册(恕不退貨)	佛光山編	2000
9016	阿含藏·全套附索引共17册(恕不退貨)	佛光山編	8000
9067	禪藏·全套附索引共51册(恕不退貨)	佛光山編	36,000
9109	般若藏	佛光山編	30,000
9110	淨土藏	佛光文化編	排印中
9200	中英佛學辭典	佛光文化編	500
9201B	佛光大辭典(恕不退貨)	佛光山編	6000
9300	佛教史年表	佛光文化編	450
9501	世界佛教青年會1985年學術會議實錄	佛光山編	400
9502	世界顯密佛學會議實錄	佛光山編	500
9503	世界佛教徒友誼會第十六屆大會 佛光山美國西來寺落成典禮暨傳戒法會紀念特刊	佛光山編	500
9504	世界佛教徒友會第十六屆大會暨 世界佛教青年友誼會第七屆大會實錄	佛光山編	紀念藏
9505	佛光山1989年國際禪學會議實錄	佛光山編	紀念藏
9506	佛光山1990年佛教學術會議實錄	佛光山編	紀念藏
9507	佛光山1990年國際佛教學術會論文集	佛光山編	紀念藏
9508	佛光山1991年國際佛教學術會論文集	佛光山編	紀念藏
9509	世界佛教徒友會第十八屆大會暨 世界佛教青年友誼會第九屆大會實錄	佛光山編	紀念藏
9511	世界傑出婦女會議特刊	佛光山編	紀念藏
9600	跨世紀的悲欣歲月—走過台灣佛教五十年寫眞		1500
9700	抄經本	佛光山編	100
9701	般若波羅蜜多心經抄經本	潘慶忠書	100
9202	佛說阿彌陀經抄經本	戴德書	100
9703	妙法蓮華經觀世音菩薩普門品抄經本	戴德書	100
	法器文物	**著者**	**定價**
0900	陀羅尼經被(單)	本社製	1000
0901	陀羅尼經被(雙)	本社製	2000
0950	佛光山風景明信片	本社製	60

5906	佛教氣功百問	陳　兵著	180
5907	佛教禪宗百問	潘桂明著	180
5908	道教氣功百問	陳　兵著	180
5909	道教知識百問	盧國龍著	180
5911	禪詩今譯百首	王志遠等著	180
5912	印度宗教哲學百問	姚衛羣著	180
5913	基督教知識百問	樂　峰等著	180
5914	伊斯蘭教歷史百問	沙秋眞等著	180
5915	伊斯蘭教文化百問	馮今源等著	180
	儀制叢書	**著者**	**定價**
6000	宗教法規十講	吳堯峰著	400
6001	梵唄課誦本	佛光文化編	50
6500	中國佛教與社會福利事業	道瑞良秀著	100
6700	無聲息的歌息	星雲大師著	100
	用世叢書	**著者**	**定價**
7501	佛光山靈異錄(一)	釋依空等著	100
7502	怎樣做個佛光人	星雲大師著	50
7505	佛光山開山二十週年紀念特刊	佛光山編	紀念藏
7510	佛光山開山三十週年紀念特刊	佛光山編	10000
7700	念佛四大要訣	戀西大師著	80
7800	跨越生命的藩籬—佛教生死學	吳東權等著	150
7801	禪的智慧vs現代管理	蕭武桐著	150
7802	遠颺的梵唱—佛教在亞細亞	鄭振煌等著	160
7803	如何解脫人生病苦—佛教養生學	胡秀卿著	150
	藝文叢書	**著者**	**定價**
8000	覷紅塵(散文)	方　杞著	120
8001	以水爲鑑(散文)	張培耕著	100
8002	萬壽日記(散文)	釋慈怡著	80
8003	敬告佛子書(散文)	釋慈嘉著	120
8004	善財五十三參	鄭秀雄著	150
8005	第一聲蟬嘶(散文)	忻　愉著	100
8006	聖僧與賢王對答錄	釋依淳著	250
8007	禪的修行生活—雲水日記	佐藤義英著	180
8008	生活的廟宇(散文)	王靜蓉著	120
8009	人生禪(一)	方　杞著	140
8010	人生禪(二)	方　杞著	140
8011	佛教說話文學全集(一)	劉欣如改寫	150
8012	佛教說話文學全集(二)	劉欣如改寫	150
8013	佛教說話文學全集(三)	劉欣如改寫	150
8014	佛教說話文學全集(四)	劉欣如改寫	150
8015	佛教說話文學全集(五)	劉欣如改寫	150
8017	佛教說話文學全集(七)	劉欣如改寫	150
8018	佛教說話文學全集(八)	劉欣如改寫	150
8019	佛教說話文學全集(九)	劉欣如改寫	150

8020	佛教說話文學全集(十)	劉欣如改寫	150
8021	佛教說話文學全集(十一)	劉欣如改寫	150
8022	人生禪(三)	方　杞著	140
8023	人生禪(四)	方　杞著	140
8024	紅樓夢與禪	圓　香著	120
8025	回歸佛陀的時代	張培耕著	100
8026	佛踪萬里紀遊	張培耕著	100
8028	一鉢山水錄(散文)	釋宏意著	120
8029	人生禪(五)	方　杞著	140
8030	人生禪(六)	方　杞著	140
8031	人生禪(七)	方　杞著	140
8032	人生禪(八)	方　杞著	140
8033	人生禪(九)	方　杞著	140
8034	人生禪(十)	方　杞著	140
8035	擦亮心燈	鄭佩佩著	180
8036	豐富小宇宙	王靜容著	170
8037	與心對話	釋依昱著	180
8100	僧伽(佛教散文選第一集)	簡　媜等著	120
8101	情緣(佛教散文選第二集)	琦　君等著	120
8102	半是青山半白雲(佛教散文選第三集)	林清玄等著	150
8103	宗月大師(佛教散文選第四集)	老　舍等著	120
8104	大佛的沉思(佛教散文選第五集)	許墨林等著	140
8200	悟(佛教小說選第一集)	孟　瑤等著	120
8201	不同的愛(佛教小說選第二集)	星雲大師等著	120
8204	蟠龍山(小說)	康　白著	120
8205	緣起緣滅(小說)	康　白著	150
8207	命命鳥(佛教小說選第五集)	許地山等著	140
8208	天寶寺傳奇(佛教小說選第六集)	姜天民等著	140
8209	地獄之門(佛教小說選第七集)	陳望塵等著	140
8210	黃花無語(佛教小說選第八集)	程乃珊等著	140
8211	華雲奇緣	李芳益著	220
8220	心靈的畫師(小說)	陳慧劍著	100
8300	佛教聖歌集	佛光文化編	300
8301	童韻心聲	高惠美等編	120
8303	利器之輪—修心法要	法護大師著	160
8350	絲路上的梵歌	梁丹丰著	170
8400	海天遊蹤	星雲大師著	200
8500	禪話禪畫	星雲大師著	750
8550	諦聽	王靜蓉等著	160
8551	感動的世界(筆記書)—星雲大師的生活智慧	佛光文化編	180
	童話漫畫叢書	**著者**	**定價**
8601	童話書(第一輯)	釋宗融編	700
8602	童話書(第二輯)	釋宗融編	850
8611	童話畫(第一輯)	釋心寂編	350

5115	老二哲學—星雲百語㈢	星雲大師著	100	5514	禪宗思想的形成與發展	洪 修 平著	200
5201	星雲日記㈠—安然自在	星雲大師著	150	5515	晚唐臨濟宗思想評述	杜 寒 風著	220
5202	星雲日記㈡—創造全面的人生	星雲大師著	150	5516	毫端舍利－弘一法師出家前後書法風格之比較	李 璧 苑著	250
5203	星雲日記㈢—不負西來意	星雲大師著	150	5600	一句偈㈠	星雲大師等著	150
5204	星雲日記㈣—凡事超然	星雲大師著	150	5601	一句偈㈡	鄭石岩等著	150
5205	星雲日記㈤—人忙心不忙	星雲大師著	150	5602	善女人	宋雅姿等著	150
5206	星雲日記㈥—不請之友	星雲大師著	150	5603	善男子	傅偉勳等著	150
5207	星雲日記㈦—找出內心平衡點	星雲大師著	150	5604	生活無處不是禪	鄭石岩等著	150
5208	星雲日記㈧—慈悲不是定點	星雲大師著	150	5605	佛教藝術的傳人	陳清香等著	160
5209	星雲日記㈨—觀心自在	星雲大師著	150	5606	與永恆對唱—細說當代傳奇人物	釋永芸等著	160
5210	星雲日記㈩—勤耕心田	星雲大師著	150	5607	疼惜阮青春—琉璃人生①	王靜蓉等著	150
5211	星雲日記⑪—菩薩情懷	星雲大師著	150	5608	三十三天天外天—琉璃人生②	林清玄等著	150
5212	星雲日記⑫—處處無家處處家	星雲大師著	150	5609	平常歲月平常心—琉璃人生③	薇薇夫人等著	150
5213	星雲日記⑬—法無定法	星雲大師著	150	5610	九霄雲外有神仙—琉璃人生④	夏元瑜等著	150
5214	星雲日記⑭—說忙說閒	星雲大師著	150	5611	生命的活水㈠	陳履安等著	160
5215	星雲日記⑮—緣滿人間	星雲大師著	150	5612	生命的活水㈡	高希均等著	160
5216	星雲日記⑯—禪的妙用	星雲大師著	150	5613	心行處滅—禪宗的心靈治療個案	黃 文 翔著	150
5217	星雲日記⑰—不二法門	星雲大師著	150	5614	水晶的光芒(上)	仲南萍等著	200
5218	星雲日記⑱—把心找回來	星雲大師著	150	5615	水晶的光芒(下)	潘 煊等著	200
5219	星雲日記⑲—談心接心	星雲大師著	150	5616	全新的一天	廖輝英等著	150
5220	星雲日記⑳—談空說有	星雲大師著	150	5700	譬喻	釋 性 瀅著	120
5221S	星雲日記㈠－⑳	星雲大師著	(一套)3600	5701	星雲說偈㈠	星雲大師著	150
5400	覺世論叢	星雲大師著	100	5702	星雲說偈㈡	星雲大師著	150
5402	雲南大理佛教論文集	藍吉富等著	350	5707	經論指南—藏經序文選譯	圓 香等著	200
5403	湯用彤全集㈠	湯 用 彤著	排印中	5800	1976年佛學研究論文集	東初長老等著	350
5404	湯用彤全集㈡	湯 用 彤著	排印中	5801	1977年佛學研究論文集	楊白衣等著	350
5405	湯用彤全集㈢	湯 用 彤著	排印中	5802	1978年佛學研究論文集	印順長老等著	350
5406	湯用彤全集㈣	湯 用 彤著	排印中	5803	1979年佛學研究論文集	霍韜晦等著	350
5407	湯用彤全集㈤	湯 用 彤著	排印中	5804	1980年佛學研究論文集	張曼濤等著	350
5408	湯用彤全集㈥	湯 用 彤著	排印中	5805	1981年佛學研究論文集	程兆熊等著	350
5409	湯用彤全集㈦	湯 用 彤著	排印中	5806	1991年佛學研究論文集	鎌田茂雄等著	350
5410	湯用彤全集㈧	湯 用 彤著	排印中	5807	1992年佛學研究論文集—中國歷史上的佛教問題		400
5411	我看美國人	釋 慈 容著	250	5808	1993年佛學研究論文集—佛教未來前途之開展		350
5503	本生經的起源及其開展	釋 依 淳著	200	5809	1994年佛學研究論文集㈠—佛與花		400
5504	六波羅蜜的研究	釋 依 日著	120	5810	1995年佛學研究論文集㈡—佛教現代化		400
5505	禪宗無門關重要公案之研究	楊 新 瑛著	150	5811	1996年佛學研究論文集㈠—當代台灣的社會與宗教		350
5506	原始佛教四諦思想	聶 秀 藻著	120	5812	1996年佛學研究論文集㈡—當代宗教理論的省思		350
5507	般若與玄學	楊 俊 誠著	150	5813	1996年佛學研究論文集㈢—當代宗教的發展趨勢		350
5508	大乘佛教倫理思想研究	李 明 芳著	120	5814	1996年佛學研究論文集㈣—佛教思想的當代詮釋		350
5509	印度佛教蓮花紋飾之探討	郭 乃 彰著	120	5900	佛教歷史百問	業 露 華著	180
5510	淨土三系之研究	廖 閱 鵬著	120	5901	佛教文化百問	何 雲著	180
5511	佛教文學對中國小說的影響	釋 永 祥著	120	5902	佛教藝術百問	丁明夷等著	180
5512	佛教的女性觀	釋 永 明著	120	5904	佛教典籍百問	方 廣 錩著	180
5513	盛唐詩與禪	姚 儀 敏著	150	5905	佛教密宗百問	李冀誠等著	180

3201	十大弟子傳	星雲大師著	150
3300	中國禪	鎌田茂雄著	150
3301	中國禪祖師傳(上)	曾普信著	150
3302	中國禪祖師傳(下)	曾普信著	150
3303	天台大師	宮崎忠尚著	130
3304	十大名僧	洪修平著	150
3305	人間佛教的星雲—星雲大師行誼(一)	佛光文化著	150
3400	玉琳國師	星雲大師著	130
3401	緇門崇行錄	蓮池大師著	120
3402	佛門佳話	月基法師著	150
3403	佛門異記(一)	煮雲法師著	180
3404	佛門異記(二)	煮雲法師著	180
3405	佛門異記(三)	煮雲法師著	180
3406	金山活佛	煮雲法師著	130
3407	無著與世親	木村園江著	130
3408	弘一大師與文化名流	陳星著	150
3500	皇帝與和尚	煮雲法師著	130
3501	人間情味—豐子愷傳	陳星著	180
3502	豐子愷的藝術世界	陳星著	160
3600	玄奘大師傳(中國佛教高僧全集1)	圓香著	350
3601	鳩摩羅什大師傳(中國佛教高僧全集2)	宣建人著	250
3602	法顯大師傳(中國佛教高僧全集3)	陳白夜著	250
3603	惠能大師傳(中國佛教高僧全集4)	陳南燕著	250
3604	蓮池大師傳(中國佛教高僧全集5)	項冰如著	250
3605	鑑眞大師傳(中國佛教高僧全集6)	傅傑著	250
3606	曼殊大師傳(中國佛教高僧全集7)	陳星著	250
3607	寒山大師傳(中國佛教高僧全集8)	薛家柱著	250
3608	佛圖澄大師傳(中國佛教高僧全集9)	葉斌著	250
3609	智者大師傳(中國佛教高僧全集10)	王仲堯著	250
3610	寄禪大師傳(中國佛教高僧全集11)	周維強著	250
3611	憨山大師傳(中國佛教高僧全集12)	項東著	250
3657	懷海大師傳(中國佛教高僧全集13)	華鳳蘭著	250
3661	法藏大師傳(中國佛教高僧全集14)	王仲堯著	250
3632	僧肇大師傳(中國佛教高僧全集15)	張強著	250
3617	慧遠大師傳(中國佛教高僧全集16)	傅紹良著	250
3679	道安大師傳(中國佛教高僧全集17)	龔雋著	250
3669	紫柏大師傳(中國佛教高僧全集18)	張國紅著	250
3656	圜悟克勤大師傳(中國佛教高僧全集19)	吳言生著	250
3676	安世高大師傳(中國佛教高僧全集20)	趙福蓮著	250
3681	義淨大師傳(中國佛教高僧全集21)	王亞榮著	250
3684	眞諦大師傳(中國佛教高僧全集22)	李利安著	250
3680	道生大師傳(中國佛教高僧全集23)	楊維中著	250
3693	弘一大師傳(中國佛教高僧全集24)	陳星著	250
3671	讀體見月大師傳(中國佛教高僧全集25)	溫金玉著	250
3672	僧祐大傳(中國佛教高僧全集26)	章義和著	250
3648	雲門大師傳(中國佛教高僧全集27)	李安綱著	250
3633	達摩大師傳(中國佛教高僧全集28)	程世和著	250
3667	懷素大師傳(中國佛教高僧全集29)	劉明立著	250
3688	世親大師傳(中國佛教高僧全集30)	李利安著	250
3625	印光大師傳(中國佛教高僧全集31)	李向平著	250
3634	慧可大師傳(中國佛教高僧全集32)	李修松著	250
3646	臨濟大師傳(中國佛教高僧全集33)	吳言生著	250
3666	道宣大師傳(中國佛教高僧全集34)	王亞榮著	250
3643	趙州從諗大師傳(中國佛教高僧全集35)	陳白夜著	250
3662	清涼澄觀大師傳(中國佛教高僧全集36)	李恕豪著	250
3678	佛陀耶舍大師傳(中國佛教高僧全集37)	張新科著	250
3700	日本禪僧涅槃記(上)	曾普信著	150
3701	日本禪僧涅槃記(下)	曾普信著	150
3702	仙崖禪師軼事	石村善右著	100
3900	印度佛教史概說	佐佐木教悟等著	170
3901	韓國佛教史	愛宕顯昌著	100
3902	印度教與佛教史綱(一)	查爾斯·埃利奧特著	300
3903	印度教與佛教史綱(二)	查爾斯·埃利奧特著	300
3905	大史(上)	摩訶那摩等著	350
3906	大史(下)	摩訶那摩等著	350
	教理叢書	**著者**	**定價**
4002	中國佛教哲學名相選釋	吳汝鈞著	140
4003	法相	釋慈莊著	250
4200	佛教中觀哲學	梶山雄一著	140
4201	大乘起信論講記	方倫著	140
4202	觀心·開心—大乘百法明門論解說1	釋依昱著	220
4203	知心·明心—大乘百法明門論解說2	釋依昱著	200
4205	空入門	梶山雄一著	170
4300	唯識哲學	吳汝鈞著	140
4301	唯識三頌講記	方倫著	140
4302	唯識思想要義	徐典正著	140
4700	眞智慧之門	侯秋東著	140
	文選叢書	**著者**	**定價**
5001	星雲大師講演集(一)	星雲大師著	300
5004	星雲大師講演集(四)	星雲大師著	300
5101	星雲禪話(一)	星雲大師著	150
5102	星雲禪話(二)	星雲大師著	150
5103	星雲禪話(三)	星雲大師著	150
5104	星雲禪話(四)	星雲大師著	150
5107	星雲法語(一)	星雲大師著	150
5108	星雲法語(二)	星雲大師著	150
5113	心甘情願—星雲百語(一)	星雲大師著	100
5114	皆大歡喜—星雲百語(二)	星雲大師著	100

1183	佛說梵網經	季芳桐釋譯	200
1184	四分律	溫金玉釋譯	200
1185	戒律學綱要	釋 聖 嚴著	不零售
1186	優婆塞戒經	釋 能 學著	不零售
1187	六度集經	梁曉虹釋譯	200
1188	百喻經	屠友祥釋譯	200
1189	法句經	吳根友釋譯	200
1190	本生經的起源及其開展	釋 依 淳著	不零售
1191	人間巧喻	釋 依 空著	200
1192	大乘本生心地觀經	圓 香 著	不零售
1193	南海寄歸內法傳	華 濤 釋譯	200
1194	入唐求法巡禮記	潘 平 釋譯	200
1195	大唐西域記	王邦維釋譯	200
1196	比丘尼傳	朱良志·詹緒左釋譯	200
1197	弘明集	吳 遠 釋譯	200
1198	出三藏記集	呂有祥釋譯	200
1199	牟子理惑論	梁慶寅釋譯	200
1200	佛國記	吳玉貴釋譯	200
1201	宋高僧傳	賴永海·張華釋譯	200
1202	唐高僧傳	賴永海釋譯	200
1203	梁高僧傳	賴永海釋譯	200
1204	異部宗輪論	姚治華釋譯	200
1205	廣弘明集	鞏本棟釋譯	200
1206	輔教編	張宏生釋譯	200
1207	釋迦牟尼佛傳	星雲大師著	不零售
1208	中國佛教名山勝地寺志	林繼中釋譯	200
1209	勅修百丈清規	謝重光釋譯	200
1210	洛陽伽藍記	曹 虹釋譯	200
1211	佛教新出碑志集粹	丁明夷釋譯	200
1212	佛教文學對中國小說的影響	釋 永 祥著	不零售
1213	佛遺教三經	藍 天釋譯	200
1214	大般涅槃經	高振農釋譯	200
1215	地藏本願經外二部	陳利權·伍玲玲釋譯	200
1216	安般守意經	杜繼文釋譯	200
1217	那先比丘經	吳根友釋譯	200
1218	大毘婆沙論	徐醒生釋譯	200
1219	大乘大義章	陳揚炯釋譯	200
1220	因明入正理論	宋立道釋譯	200
1221	宗鏡錄	潘桂明釋譯	200
1222	法苑珠林	王邦維釋譯	200
1223	經律異相	白化文·李鼎霞釋譯	200
1224	解脫道論	黃夏年釋譯	200
1225	雜阿毘曇心論	蘇 軍釋譯	200
1226	弘一大師文集選要	弘一大師著	200
1227	滄海文集選集	釋 幻 生著	200
1228	勸發菩提心文講話	釋 聖 印著	不零售
1229	佛經概說	釋 慈 惠著	200
1230	佛教的女性觀	釋 永 明著	不零售
1231	涅槃思想研究	張 曼 濤著	不零售
1232	佛學與科學論文集	梁乃崇等著	200
1300	法華經教釋	太虛大師著	300
1301	觀世音菩薩普門品講話	森下大圓著	150
1600	華嚴經講話	鎌田茂雄著	220
1700	六祖壇經註釋	唐 一 玄著	180
1800	金剛經及心經釋義	張 承 斌著	100
1805	金剛般若波羅蜜經講話	釋 竺 摩著	150

	概論叢書	著者	定價
2000	八宗綱要	凝然大德著	200
2001	佛學概論	蔣 維 喬著	130
2002	佛教的起源	楊 曾 文著	130
2003	佛道詩禪	賴 永 海著	180
2100	佛家邏輯研究	霍 韜 晦著	150
2101	中國佛性論	賴 永 海著	250
2102	中國佛教文學	加地哲定著	180
2103	敦煌學	鄭 金 德著	180
2104	宗教與日本現代化	村上重良著	150
2200	金剛經靈異	張 少 齊著	140
2201	佛與般若之眞義	圓 香著	120
2300	天台思想入門	鎌田茂雄著	120
2301	宋初天台佛學窺豹	王 志 遠著	150
2401	談心說識	釋 依 昱著	160
2500	淨土十要(上)	蕅益大師選	180
2501	淨土十要(下)	蕅益大師選	180
2700	頓悟的人生	釋 依 空著	150
2800	現代西藏佛教	鄭 金 德著	300
2801	藏學零墨	王 堯著	150
2803	西藏文史考信集	王 堯著	240
2804	西藏佛教密宗	李 冀 誠著	150
2805	西藏佛教之寶	許 明 銀著	280

	史傳叢書	著者	定價
3000	中國佛學史論	褚 柏 思著	120
3001	唐代佛教	外因斯坦著	排印中
3002	中國佛教通史(第一卷)	鎌田茂雄著	250
3003	中國佛教通史(第二卷)	鎌田茂雄著	250
3004	中國佛教通史(第三卷)	鎌田茂雄著	250
3005	中國佛教通史(第四卷)	鎌田茂雄著	250
3100	中國禪宗史話	褚 柏 思著	120
3200	釋迦牟尼佛傳	星雲大師著	180

佛光叢書目錄

⊙價格如有更動，以版權頁為準

經典叢書		著者	定價
1000	八大人覺經十講	星雲大師著	120
1001	圓覺經自課	唐 一 玄著	120
1002	地藏經講記	釋 依 瑞著	250
1003	金剛經講話	星雲大師著	500
1005	維摩經講話	釋 竺 摩著	200
1101	中阿含經	梁曉虹釋譯	200
1102	長阿含經	陳永革釋譯	200
1103	增一阿含經	耿 敬釋譯	200
1104	雜阿含經	吳 平釋譯	200
1105	金剛經	程恭讓釋譯	200
1106	般若心經	程恭讓·東初釋譯	不零售
1107	大智度論	郟廷礎釋譯	200
1108	大乘玄論	邱高興釋譯	200
1109	十二門論	周學農釋譯	200
1110	中論	韓廷傑釋譯	200
1111	百論	強 昱釋譯	200
1112	肇論	洪修平釋譯	200
1113	辯中邊論	魏德東釋譯	200
1114	空的哲理	道安法師著	200
1115	金剛經講話	星雲大師著	不零售
1116	人天眼目	方 銘釋譯	200
1117	大慧普覺禪師語錄	潘桂明釋譯	200
1118	六祖壇經	李 申釋譯	200
1119	天童正覺禪師語錄	杜寒風釋譯	200
1120	正法眼藏	董 羣釋譯	200
1121	永嘉證道歌・信心銘	何勁松·釋弘憫釋譯	200
1122	祖堂集	葛兆光釋譯	200
1123	神會語錄	邢東風釋譯	200
1124	指月錄	吳相洲釋譯	200
1125	從容錄	董 羣釋譯	200
1126	禪宗無門關	魏道儒釋譯	200
1127	景德傳燈錄	張 華釋譯	200
1128	碧巖錄	任澤鋒釋譯	200
1129	緇門警訓	張學智釋譯	200
1130	禪林寶訓	徐小躍釋譯	200
1131	禪林象器箋	杜曉勤釋譯	200
1132	禪門師資承襲圖	張春波釋譯	200
1133	禪源諸詮集都序	閻 韜釋譯	200
1134	臨濟錄	張伯偉釋譯	200
1135	來果禪師語錄	來果禪師著	200
1136	中國佛學特質在禪	太虛大師著	200
1137	星雲禪話	星雲大師著	200
1138	禪話與淨話	方 倫著	200
1139	釋禪波羅蜜次第法門	黃 連 忠著	200
1140	般舟三昧經	吳立民·徐孫銘釋譯	200
1141	淨土三經	王月清釋譯	200
1142	佛說彌勒上生下生經	業露華釋譯	200
1143	安樂集	業露華釋譯	250
1144	萬善同歸集	袁家耀釋譯	200
1145	維摩詰經	賴永海釋譯	200
1146	藥師經	陳利權·釋竺摩等釋譯	200
1147	佛堂講話	道源法師著	200
1148	信願念佛	印光大師著	200
1149	精進佛七開示錄	煮雲法師著	200
1150	往生有分	妙蓮長老著	200
1151	法華經	董 羣釋譯	200
1152	金光明經	張文良釋譯	200
1153	天台四教儀	釋永本釋譯	200
1154	金剛錍	王志遠釋譯	200
1155	教觀綱宗	王志遠釋譯	200
1156	摩訶止觀	王雷泉釋譯	200
1157	法華思想	平川彰等著	200
1158	華嚴經	高振農釋譯	200
1159	圓覺經	張保勝釋譯	200
1160	華嚴五教章	徐紹強釋譯	200
1161	華嚴金師子章	方立天釋譯	200
1162	華嚴原人論	李錦全釋譯	200
1163	華嚴學	龜川教信著	200
1164	華嚴經講話	鎌田茂雄著	不零售
1165	解深密經	程恭讓釋譯	200
1166	楞伽經	賴永海釋譯	200
1167	勝鬘經	王海林釋譯	200
1168	十地經論	魏常海釋譯	200
1169	大乘起信論	蕭萐父釋譯	200
1170	成唯識論	韓廷傑釋譯	200
1171	唯識四論	陳 鵬釋譯	200
1172	佛性論	龔 雋釋譯	200
1173	瑜伽師地論	王海林釋譯	200
1174	攝大乘論	王 健釋譯	200
1175	唯識史觀及其哲學	釋 法 舫著	不零售
1176	唯識三頌講記	于 凌 波著	200
1177	大日經	呂建福釋譯	200
1178	楞嚴經	李富華釋譯	200
1179	金剛頂經	夏金華釋譯	200
1180	大佛頂首楞嚴經	圓 香著	不零售
1181	成實論	陸玉林釋譯	200
1182	俱舍要義	楊 白 衣著	200

□總　監　修□星雲大師

□發　行　人□佛光山宗務委員會

心定和尚　慈莊法師　慈惠法師　慈容法師　慈嘉法師

依嚴法師　依恆法師　依空法師　依淳法師

□一九九八（民八十七）年二月初版

一九九九（民八十八）年四月初版三刷

有著作權・請勿翻印・歡迎流傳

□總　編　輯□慈惠法師　依空法師〔臺灣〕；王志遠　賴永海〔大陸〕

□總　連　絡□吉廣輿　王淑慧

□釋　譯　者□黃夏年

□美術編輯□陳婉玲

□法律顧問□蘇盈貴　舒建中　毛英富律師

□出　版　者□佛光文化事業有限公司

台北縣三重市三和路三段117號　☎（〇二）二九八〇〇二六〇

E-mail:fgce@ms25.hinet.net

網址：http://www.foguang-culture.com.tw/

高雄縣大樹鄉佛光山寺（高雄辦事處）　☎（〇七）六五六四〇三八—九

□流　通　處□佛光山寺

高雄縣大樹鄉佛光山寺　☎（〇七）六五六一九二一—八

佛光書局

高雄市前金區賢中街27號　☎（〇七）二七二八六四九

台北市忠孝西路一段72號9樓之14　☎（〇二）二三一四四六五九

台北市汀州路三段188號2樓　☎（〇二）二三六五一八二六

台北縣三重市三和路三段117號　☎（〇二）二九八四九五二三

□定　　價□二〇〇元

□印　　刷□沈氏藝術印刷股份有限公司　☎（〇二）二二七〇六一六一

□郵政劃撥第一八八八九四四八號　帳戶：佛光文化事業有限公司

□行政院新聞局出版事業登記證局版台省業字第八六二號

國家圖書館出版品預行編目資料

解脫道論／黃夏年釋譯. --初版.--臺北市：
佛光, 1998〔民87〕
面；　公分. --（佛光經典叢書；1224）
《中國佛教經典寶藏精選白話版；124》
參考書目：面
ISBN 957-543-741-1（精裝典藏版）
ISBN 957-543-742-X（平裝）

1.論藏

222.6　　　　　　　　86015349

總目錄

在佛教史屬於綜合性的會鈔著述很多，早期的佛教精要或綱要性的著作主要有：南傳上座部的《清淨道論》，和北傳說一切有部的《阿毘達磨俱舍論》，它們都曾經在佛教經典史上享有重要地位。

本書實爲一部介紹佛教戒定慧三學的佛典，其中關於禪定的篇幅占了全書內容一半以上，突出了禪修實踐的特色，對修禪的人具有重要的指導意義，同時對佛教的基本教義也能從此書中得以了解。它即是一本學習佛教的入門書，也是佛教理論的綱要性典籍。

ISBN 957-543-742-X
00200
9 789575 437428
零售